Karl Oberleitner

Abin Hamad

Trauerspiel in fünf Aufzügen

Karl Oberleitner

Abin Hamad
Trauerspiel in fünf Aufzügen

ISBN/EAN: 9783743307049

Hergestellt in Europa, USA, Kanada, Australien, Japan

Cover: Foto ©Andreas Hilbeck / pixelio.de

Manufactured and distributed by brebook publishing software (www.brebook.com)

Karl Oberleitner

Abin Hamad

Abin Hamad.

Trauerspiel in fünf Aufzügen

von

Karl Oberleitner.

Alle Rechte vorbehalten.

Wien.
Wilhelm Frick,
k. k. Hofbuchhandlung.
1889.

Personen.

Ferdinand, König von Aragon.
Isabella, Königin von Castilien, seine Gemalin.
Don Juan, ihr Sohn.
Boabdil el Chico, König von Granada.
Comira, sein Vezier.
Abal Cazim, Heerführer der Mauren.
Zaide, Gemalin Boabdils.
Fatime, ihre Vertraute.
Abin Hamad,
Abenamar, } Abencerragen.
Sarrazino,
Don Diego de Mendoza, Graf von Tendilla, spanischer Feldherr.
Don Alonzo de Aguilar, spanischer Heerführer.
Elvira, Tochter des Grafen von Tendilla.
Mahomad, Haupt der Zegri.
Calab, Derwisch.
Hassan, maurischer Kaufmann.
Ein Knabe, Sohn Boabdils.
Ein alter Maure.
Ein spanischer Krieger.
Ein maurischer Edelknabe.
Frauen der Elvira. Abencerragen. Zegri. Krieger König Ferdinands. Gefolge der Königin Isabella. Christen.

Die Handlung spielt zu Ende des XV. Jahrhunderts in der Alhambra und in der Umgebung der Stadt Granada.

Erster Aufzug.

Garten mit Cypressen, Rosenbüschen. Durch die Orangenbäume sieht man den Palast der Königin.

(Zaide, Fatime.)

Zaide. Schließ den Lockenschmuck in das Kästchen ein. (Gibt ihr eine goldene Rose.)

Fatime. Keine Lanzen zersplittern an den Stahlschilden der Ritter, die Siegesbecher klingen nicht mehr an. Die castilischen Herrscher, der schlaue König Ferdinand, die fromme Königin Isabella, belagern Granada, und der Donner der Geschütze erschüttert auch die Mauern der Alhambra. Die Sängerinnen schweigen angsterfüllt, die Tänzerin legt zitternd die Castagnetten in den Schooß.

Zaide. Ich will mich mit dem Rubin nicht mehr schmücken.

Fatime. Der seltene Edelstein ist zu kostbar, ein Kunstwerk die goldene Rose, die ihn einfaßt. Ich gäbe ihn nicht für eine Stadt hin.

Zaide. Vor den Feuerstrahlen der Diamanten, die Darache trägt, erbleicht sein Purpurglanz. O Schmach! Ein Christenmädchen weilt in meinem Palaste. Zertrümmern will ich die Laute der Spanierin.

Fatime. Das Täubchen von Sevilla, das kaum die Schwingen zu prüfen wagte, vor Dir die Augenlider senkte, war nicht lange schüchtern. Die Gunst des Königs erfüllte sie mit Stolz; die Schöne tritt jetzt, wenn zum Turniere die silbernen Trompeten schmettern, gnädig grüßend zu dem Throne des Königs hin.

Zaide. Prachtliebend und eitel, sucht sie die Frauen meines Hofes mit dem kunstvollsten Geschmeide im Prunk zu überbieten. Bei dem letzten Kampfspiele erschien sie im blauen, seidenen Gewande. Ihr Mantel vom feinsten Damast war mit Silberstoff gefüttert und durchwirkt mit Goldstreifen. Sie blendete mit ihren Perlenschnüren, Smaragden und Diamanten alle Frauen der maurischen Ritter; selbst der König blickte überrascht auf sie hin. Die Hochmüthige! Von ihrem Diamantenreif, der ihre blonden Locken umschloß, nickte eine kurze, blaue Feder, das Abzeichen der Abencerragen. Die Schlaue forderte die Edelsten der Ritter heraus, vor ihr, als wäre sie die Königin, die Lanze zu senken. Mit Siegeszuversicht schaute sie auf den Kampfplatz, als die Abencerragen in blauen, silbergestickten Turnierkleidern auf schneeweißen Rossen heransprengten. Die tapferen Ritter nickten ihr lächelnd zu und neigten vor ihr die Waffen. Uebermüthig, stolz blickte sie auf die Frauen hin. Doch bald trat sie beschämt und verwirrt von dem Throne zurück. Auch Boabdils

Wange röthete der Zorn, als der Sieger Abin Hamad vor mir hinkniete und den Säbel schwang. (leidenschaftlich.) Ich rächte mich an Darache — an Boabdil. Ich nahm den Kranz Boabdils vom Haupte und drückte ihn auf Abin Hamads Turban. Die Abencerragen erhoben jubelnd ihre Waffen, die Zegri stießen ergrimmt die Lanzen auf den Boden. Darache erbleichte, hüllte sich in ihren Schleier; der König verließ den Löwenhof. O süß war diese Rache.

Fatime. Der Siegeskranz ermuthigte Abin Hamad, in Deinen Palast einzudringen?

Zaide. Durfte ich den siegreichen Ritter kränken, die Rose, die er aus meinem Kranze nahm, mit dankerfülltem Herzen mir überreichte, zurückweisen?

Fatime. Duftet nicht mehr die Rose, haucht er sein Leben aus.

Zaide (erschreckt). Abin Hamad droht der Tod?

Fatime. Nicht ihm allein, auch den Edelsten der Abencerragen.

Zaide. Die Zegri wagen nicht, die Abencerragen zum Kampf herauszufordern. Boabdil selbst senkt vor ihren Siegeszeichen seinen Säbel.

Fatime. Doch wird Dein Kranz bald auf dem todten Haupte Abin Hamads welken.

Zaide. Boabdil mag mir grollen, begeht aber keine blutige That, weil Darache gekränkt sich fühlt.

Fatime. Ein Zegri fand die blaue Feder, die in Deinem Garten dem Turban Abin Hamads entfiel, und gab sie dem König.

Zaide. Zu ungestüm schwang sich der Heißblütige in den Sattel. Allah schützte den Unbesonnenen; kein Mondlicht erhellte dem Späher seine Züge; der Nachtigallengesang übertönte den Hufschlag seines Rosses.

Fatime. Beweine ihn. Boabdil schwur, wenn er den kühnen Ritter nicht entdeckt, die Edelsten der Abencerragen ermorden zu lassen. Er glaubt, nur Einer von ihnen konnte es wagen, Dir zu nahen.

Zaide. Wer verrieth Dir dies?

Fatime. Ich belauschte Mahomad, als er das Geheimniß der frohlockenden Darache anvertraute.

Zaide. Er ist der Vertraute des Königs, er wird Boabdil stets an den Schwur gemahnen. (Angstvoll.) Die Rose zittert an meinem Herzen! Seine Rose! — O hätte ich mich nicht so an Boabdil, — an Darache gerächt! — Eile, eile in die Alhambra, warne Abin Hamad vor dem Anschlag des Königs, vor dem Dolch des Meuchelmörders, vor dem Gifttrank der Tänzerin! Eile zu ihm!

Fatime. Werde ich ihn zurückhalten, Dich vor dem König zu vertheidigen, vor Dir sein Knie zu beugen?

Zaide (streng). Sag' ihm, mein Palast sei ihm verschlossen. Eile! Eile! (Fatime geht ab.)

Zaide (allein). Ich darf ihn nicht mehr sehen! — Nimmer! — Er spricht mit Blicken, o mit Blicken, die wie Flammen auflodern, immer wilder aufleuchten, bis sie zünden. — O hätte ich ihn nicht bekränzt! (Abin Hamad eilt herbei.)

Zaide (erschreckt). Flieh' aus dem Garten! Flieh' aus Granada!

Abin Hamad. Ich kann es nicht mehr. Seit ich Dir in das Auge sah, gleiche in einem Vogel mit gebrochenen Schwingen. Ich kann Dich nur umflattern, nicht fliegen übers Meer.

Zaide. So muß ich von Dir gehen. (Sie will gehen, als eine Blumenschlinge ihren Fuß festhält.)

Abin Hamad. Die Blumenschlinge hemmt Deinen Schritt; sie läßt Dich nicht von hinnen, sie will Dir ihre süßen Düfte streuen. Du zürnest ihr nicht, doch mir, da ich es wage, der Holdesten der Maurinnen, der Königin von Granada zu huldigen.

Zaide (angstvoll). Weile hier nicht länger, Du stürzest mich und Dich in das Verderben.

Abin Hamad. Warum beschleicht Dich jetzt die Furcht? So sprachst Du früher nicht, als ich vor Dir mein Knie beugte, Du huldvoll die Rose aus meiner Hand nahmst. War es nur ein loses Spiel, als Du mich bekränztest? Wollte sich die Königin an der Spanierin, — die Eifersüchtige an der Schlange ihres Rosengartens rächen?

Zaide (leidenschaftlich). Gemahn mich nicht an Darache.

Abin Hamad. Laß' die Eitle sich wie eine Königin schmücken; Du besiegtest sie, alle Frauen, — (zärtlich) und auch mich.

Zaide (weich). Verlaß mich. Du bist von Spähern hier umgeben, vom Tod bedroht. Die blaue Feder Deines Turbans, die Du im Garten hier verlorst, weckte die Eifersucht des Königs. Er will, entdeckt er nicht den kühnen Abencerragen, die Edelsten der maurischen Ritter ermorden lassen.

Abin Hamad (innig). Du zitterst für mein Leben?

Zaide. Erhör' meine Bitte, geh' von mir.

Abin Hamad. Du hast kein Liebeswort für den Scheidenden?

Zaide. Geh' von hier. Die Königin befiehlt es!

Abin Hamad. Verräth nicht der Thau auf den Blumenkelchen, wie schwer selbst die Sonne von Dir, Holde, scheidet?

Zaide (befangen). Ich kann Dich nicht länger hören.

Abin Hamad. Ungnädig weisest Du mich fort? — Nein! — Das harte Wort der Herrscherin nimmt der süße Blick der Liebenden zurück. (Sie will gehen, er hält sie zurück.) Dein sanftes Zürnen sagt mir, daß Du mich liebst. Die Waffe, mit der Du mich abwehrst, drückte die Liebe Dir in die Hand. Du führst sie unsicher, kannst mit ihr den Liebenden nicht verletzen, der zu Deinen Füßen stürzt, Dir ewige Treue schwört. (Er stürzt zu ihren Füßen.) Mein Schwert, mein Schild für Dich, Heißgeliebte! (Sie erhebt ihn, er umschlingt sie. Man hört Trompeten schmettern.)

Zaide (entwindet sich ihm). Die silbernen Trompeten erschallen, der König kommt. (Angstvoll.) Eile, eile von hier. (Fatime stürzt herbei.)

Fatime. Boabdil umritt die Wälle Granadas. König Ferdinand rückt zum Sturm heran. Die Ritter sind zum Kriegsrath in die Alhambra berufen.

Abin Hamad. Die Spanier entrollen die Kreuzesfahne! Theuerste! Leb' wohl!

Zaide (angstvoll). Geh' nicht in die Alhambra. Der Mörder schreitet in den Marmorhallen, späht nach Dir, den Dolch Dir in die Brust zu stoßen.

Abin Hamad. Im Kriegslärm sinnt Boabdil nicht mehr auf Rache.

Zaide (flehend). O bleib' ferne!

Abin Hamad. Der Eid verpflichtet mich, dem Ruf des Königs zu folgen.

Zaide (leidenschaftlich). Dein Liebesschwur?

Abin Hamad (begeistert). Für dich zu sterben! (Er eilt ab.)

Zaide (trostlos). Allah schütze ihn! — (Sie will ihm nacheilen.) Er darf die Alhambra nicht betreten.

Fatime (hält sie zurück). Komm' mit mir in den Palast, den König zu begrüßen.

(Sie geht mit Fatime. Boabdil und Abal Cazim treten auf.)

Boabdil (erregt). Hier ist die Treulose! (Zu Zaide.) Verließ Dich jetzt der Heißgeliebte? Noch zittert der Rosenbusch, wie ihn der Mantel des Flüchtigen streifte.

Zaide. Du glaubst an die Lügen, die Mahomad ersann, um uns zu entzweien?

Boabdil. Fand man nicht das Abzeichen der Abencerragen hier in dem Garten?

Zaide (mit Hohn). Schmückt sich nicht die reizende Darache mit der blauen Feder? Sie wandelt oft unter diesen schattigen Cypressen, auf neue Lieder sinnend, mit denen sie ihren Günstling erheitern kann. Sie verlor den seltenen Lockenschmuck.

Boabdil. Auf die Edle, die Deinen Haß erweckte, weil sie mit ihrem lieblichen Gesange mich ergötzt, willst Du Deine Schuld wälzen?

Zaide. Warb sie nicht jüngst im Kampfspiele um die Gunst der Abencerragen?

Boabdil (erregt). Verleumde sie! Treubrüchige! — Dein tückischer Sinn täuscht mich nicht. (Erzürnt.) Nenne den verwegenen Abencerragen.

Zaide. Hat Mahomad ihn Dir nicht verrathen?

Boabdil. So bekennst Du Dich des Treubruchs schuldig?

Zaide. Nie!

Boabdil (höchst erzürnt). Dein Leugnen rettet Abin Hamad nicht vor dem Tode.

Zaide. Ihn verdächtigst Du? War der Sieger im Kampfspiel nicht Deines Kranzes würdig?

Boabdil (stampft mit dem Fuße). Wie heißt der Abencerrage?

Zaide. Es betrat kein maurischer Ritter meinen Palast.

Boabdil. Du verschweigst seinen Namen? So sterben die Vornehmsten der Abencerragen.

Zaide (nähert sich ihm. Leise). Erbebt Dein Herz vor dem Donner der feindlichen Geschütze? Bist Du kampfmüde? Fürchtest Du den Widerstand der Abencerragen, wenn Du sie aufforderst, vor dem Feinde die Waffen zu strecken? — Die Edelsten der Ritter liefern ohne Schwertstreich den verhaßten Christen, — den Spaniern Granada nicht aus! Kein Maure handelt so feige!

Boabdil (betroffen für sich). Sie könnte die Kampflust der Mauren gegen mich erwecken. (Er winkt. Maurische Krieger treten auf. Er zeigt auf Zaide.) Geleitet die Königin in die Alhambra. (Er wendet sich rasch zu Fatime.) Du sahst den Verräther? — Auch du schweigst? Du bist ihre Vertraute, folgst ihr in die Burg. (Zu den Kriegern.) Bewacht sie Beide.

Zaide (im Abgehen). Huldige der reizenden Darache, Deiner Königin! (Zaide, Fatime gehen mit den Kriegern ab.)

Boabdil (für sich). Die Tapfersten der Abencerragen sind jetzt in meiner Hand, ich lud sie zum Kriegsrath, zum Festmahl ein. Keiner neigt mehr hohnlächelnd vor Darache sein Haupt, droht mir trotzig mit der Lanze, wenn ich König Ferdinand die Hand zur Versöhnung reiche. (Zu Abal Cazim.) Der Vezier ist in das Lager König Ferdinands abgegangen?

Abal Cazim. Er brach am frühen Morgen dahin auf.

Boabdil. Du sahst die schweren, feindlichen Geschütze in den Laufgräben, wie die castilischen Reiter aus den Gebirgsschluchten hervorstürmten. Die Wachfeuer der Spanier erhellen die Mauern der Alhambra; das Blut meiner edelsten Ritter tränkte den Boden der Cypressenhaine; die Zegri sind entmuthigt; der Hunger entwaffnet das Volk in Granada. Wir können mit König Ferdinand den Kampf vor Granada nicht mehr aufnehmen. Der Vezier weilt bei König Ferdinand, mit ihm den Frieden abzuschließen.

Abal Cazim. Hätte der Trotz Muley Hassans ihn nie zum Krieg herausgefordert. Mit Gut und Blut bezahlten wir den Tribut, den Dein Vater ihm verweigerte. Der schlaue König wird Dir harte Bedingungen stellen.

Boabdil. Die Königin Isabella mildert sie. Wie hochherzig handelte die edle Frau, als ich in der unglücklichen Schlacht bei Lucena gefangen wurde! Reich aufgezäumte Rosse, Decken von Brocat und Seide, die kostbarsten Gewänder spendete sie mir und den maurischen Rittern; auch Gold legte sie in meine Hand, der König von Granada sollte vergessen, daß er an ihrem Hofe als Gefangener weile.

Abal Cazim. Ihr Edelsinn aber hinderte nicht König Ferdinand, Dich mit dem Friedensvertrage zu überlisten. Mit einem Federzuge wardst Du sein Vasall.

Boabdil. Er trat mir stets als Freund entgegen, beschützte mich, als der treulose Zagal in mein Reich einfiel.

Abal Cazim. Der Schirmherr will sich jetzt mit Deiner Krone schmücken. Das Kreuz, das ihm die Krieger vortragen, wird die Königin Isabella auf der Alhambra aufpflanzen.

Boabdil. Ich brach nicht den Frieden. Die castilischen Ritter, die an meinem Hofe weilten, verhöhnten die maurischen Sitten; ihr Hochmuth verletzte die Abencerragen. Ohne meinen Befehl brachen die Heißblütigen rachedürstend in Murcia ein. Wohin sie kamen, schlugen die Flammen empor, floß das Blut der Christen. Mit dem Schwerte nur konnte ich sie zum Gehorsam zwingen. (Für sich.) Dunkelroth sinkt die Sonne. Soll wieder die maurische Lanze sich in Christenblut tauchen? Der Vezier kommt nicht zurück. (Angstvoll zu Abal Cazim.) Reite dem Vezier entgegen.

Comixa (tritt schnell auf). Heil Dir, Boabdil!

Boabdil (rasch). König Ferdinand läßt von Granada ab?

Comixa. Die Stadt war der Friedenspreis.

Boabdil. Du gingst in diese schimpfliche Bedingung ein?

Comixa (leise zu ihm). Willst du noch kämpfen?

Boabdil (winkt ihm, zu schweigen. Zu Abal Cazim). Verzage nicht; die Alhambra, die feste Burg, schützt die Krone von Granada.

Comixa (gedrückt). Die Feuerkugeln der Spanier prallen nicht von unseren Schilden ab. König Ferdinand will die Pracht der Alhambra, die den Mauren mit Stolz erfüllt, nicht zerstören. Er wünscht, daß Du in Porchena Hof hältst.

Boabdil (erschüttert). Verbannt nach Porchena! — (Er verhüllt sich mit dem Mantel das Antlitz. Nach einer kurzen Pause.) Der Wille Allahs geschehe.

Comixa (reicht ihm ein Pergament). Unterzeichne den Vertrag.

Boabdil (nimmt aus einer goldenen Kapsel, die an seinem Gürtel hängt, eine Feder und legt das Pergament auf sein Knie).

Abal Cazim (ergreift die Hand Boabdils). Unterschreibe nicht Dein Todesurtheil.

Boabdil. Ich vertraue auf die Großmuth des Siegers. (Er unterzeichnet das Pergament und reicht es Comixa. Er geht mit Abal Cazim ab.)

Comixa (mit schlauem Lächeln). Nicht Boabdil, König Ferdinand belohnt mich für den Friedensschluß. (Er folgt ihnen.)

Verwandlung.

Der Myrtenhof in der Alhambra.

(Sarrazino, Abenamar, auf einen Pagen gestützt, treten ein.)

Sarrazino. Boabdil beruft uns in den Kriegsrath. Die spanischen Reiter streifen in den Orangenhainen vor den Mauern der Alhambra. Abends ertönen im Lager der Christen fromme Gesänge; graut der Morgen, erschallen feurige Kampflieder. Sie rüsten sich zum Sturm auf Granada.

Abenamar (feurig, an das Schwert schlagend). Schwingt die Fahnen, blast die Trompeten, ihr stolzen Spanier, erstürmt die Wälle, wir ringen mit euch Brust an Brust.

Sarrazino. Das Haupt gesenkt, mit losem Zügel ritt Boabdil von dem Schlachtfelde; gebrochen war seine Lanze, auch sein Kampfmuth. Er wird sich in die Alhambra einschließen, dem Feinde Trotz bieten, bis ihm die Waffenbrüder aus Afrika zu Hilfe eilen.

Abenamar. Die Mohrenfürsten schütteln nicht den Wüstenstaub von ihren Füßen; das Ziel ihrer Pfeile ist das Herz des Löwen. Sind unsere Freunde noch nicht zum Kriegsrath versammelt?

Sarrazino. Es traten schon einige Abencerragen in den Saal.

Abenamar. Dann gehen auch wir hinein.

Sarrazino. Bleibe. Der König läßt Jeden einzeln vorrufen.

Abenamar (schüttelt das Haupt). Mißtraut der König den Zegri? Wollen sie die Waffen strecken?

(Mahomad tritt aus der ehernen Thür, die sich dröhnend schließt. Man hört drei Schläge auf ein Metallbecken.)

Mahomad. Sarrazino! Der König entbietet Dich zu sich.

Abenamar (schüttelt die Hand Sarrazinos). Schlag' aus Schwert! Entflamme den Sinn des Königs zum Kampf.

(Sarrazino geht mit Mahomad in den Saal. Abin Hamad tritt mit mehreren Abencerragen auf.)

Abin Hamad (zu Abenamar). Noch ist Deine Wunde nicht geheilt, und Dein Arm bebt wieder vor Begierde, die Lanze in die Brust des Feindes zu bohren?

Abenamar (feurig). Ich kämpfe, bis der Ton der letzten christlichen Trompete in den wilden Schluchten des Apulxarragebirges erstirbt.

(Mahomad kommt durch die cherne Thür.)

Mahomad. Abenamar! Der König ruft Dich vor den Thron.

(Man hört drei Schläge auf ein Metallbecken.)

Abenamar (zu Abin Hamad). Du stehst mir wieder zur Seite, wenn ich die Waffe schwinge?

Abin Hamad. Mein Schild schützt Dein greises Lockenhaupt.

Abenamar (begeistert). Granada! ist unser Kampfruf! — (Zu dem Pagen.) Stütze mich.

(Er geht, auf den Pagen gestützt, mit Mahomad durch die Thür. Als sie beide den Saal betreten, schlüpft der Page durch die Thür, die sich rasch und dröhnend hinter ihm schließt, heraus.)

Der Page (stürzt, entsetzt die Hände ringend, zu Abin Hamad hin). O mein Herr! Mein armer Herr!

Abin Hamad. Was ficht Dich an? Du zitterst am ganzen Leibe.

Der Page. O der edle Greis! Mein armer Herr! Armer, armer Herr!

Abin Hamad. Brach seine Wunde auf? Sank er erschöpft zu Boden? — Komm', tragen wir ihn aus dem Saale.

Der Page (hält ihn entsetzt zurück). Geh' nicht hinein! — (Zu Allen.) Flieht von hier! — Kein Festmahl erwartet Euch, — der Tod! — Der Trank ist nicht goldener Wein, ein Trank, nach dem der Schakal lechzt, mit dem der Tiger seine heiße Zunge kühlt. Blut! — Blut fließt in die Marmorschale des Saales, — das Blut eurer Freunde! — Kein Saitenspiel ertönt, das Henkerschwert saust durch die Luft, die Häupter der edelsten Ritter kollern auf den Boden hin.

Alle. Entsetzlich! — Entsetzlich!

Der Page (verhüllt sein Antlitz). O der tapfere Abenamar!

Abin Hamad (für sich). Ihr Kuß rettete mir das Leben. (Drohend.) Die Mörder sterben an der Leiche Abenamars!

(Mahomad kommt durch die eherne Thür. Abin Hamad winkt Allen, zu schweigen.)

Mahomad. Abin Hamad! Der König will Deinen Rath hören.

Abin Hamad. Er wird ihn verwerfen.

Mahomad. Boabdil preist nicht nur den Schwertschlag, auch den Geistesblick des tapferen Kriegers.

Abin Hamad. Du bist nicht eifersüchtig auf die Gunst, die er mir schenkt?

Mahomad. Ich schlug dem König vor, Dich und Deine Freunde allein zu vernehmen.

Abin Hamad (mit Hohn). Das ist Dein Werk? Wir wollen Dir dafür den Dank nicht schuldig bleiben. Doch dünkst Du Dich weiser als wir Alle.

Mahomad (stolz). Der Heißblütige schießt oft über das Ziel.

Abin Hamad (rasch). Du fängst den Pfeil in den Lüften auf?

Mahomad. Den Spott zahle ich Dir heim. (Er schlägt an das Schwert.)

Abin Hamad. Ich kreuze nicht mit Dir die Klinge. Die hohle Granate spaltet man nicht mit dem Säbel, man zertritt sie.

Mahomad (für sich ergrimmt).. Hochmüthiger!

(Man hört drei Schläge auf ein Metallbecken.)

Mahomad. Der König gibt das Zeichen; folge mir.

Abin Hamad (geht mit ihm zurück. Die Abencerragen zücken den Dolch. Er winkt ihnen, zurückzuweichen. Mahomad schlägt an die eherne Thür, daß sie erdröhnt. Abin Hamad zieht die Waffe und ersticht Mahomad von rückwärts). Fahr hin, Mordgehilfe!

Mahomad (stürzt hin). Hilfe! Kommt mir zu Hilfe!

(Die Abencerragen ziehen die Waffen und schaaren sich um Abin Hamad. Die Thür des Saales wird aufgestoßen, die Zegri stürzen mit entblößten Schwertern heraus.)

Abin Hamad. Stoßt die Mörder nieder!

(Gefecht. Die Zegri entfliehen. Abin Hamad stürzt mit seinen Waffengenossen durch die eherne Thür in den Saal, kehrt aber bald mit ihnen zurück.)

Alle (entsetzt). Grauenhaft! — Grauenhaft!

Abin Hamad (erschüttert). Die Verräther sollen die blutigen Locken Abenamars küssen. (Er zeigt in den Saal.) Der Knabe kniet an der Leiche Abenamars, klagt und weint, greift an den Dolch. Rache ist sein Schwur! (Er erhebt die Waffe.) Rache an den feigen Mördern!

Alle (erheben die Waffen). Rache! Rache!

Calab (schreitet außen vorüber und singt):

Kamen Briefe an den König,
Daß Alhama sei gefallen;
Warf die Briefe in das Feuer
Und den Boten hieb er nieder.
Wehe mir! — Alhama! —

Abin Hamad (für sich). Der Klaggesang des Derwisch. (Er steckt das Schwert ein. Wehmuthsvoll.) Alhama! —

Alle (senken das Haupt, wehmuthsvoll). Wehe uns! — Alhama!

Calab (tritt auf). Klagt nicht mehr um die Feste Alhama! Klagt um Granada! Klagt um die Alhambra! — Schaut empor, vom Thorbogen reicht herab die steinerne Hand; ergreift sie den Schlüssel, stürzen ein die Säulen, versiegen die Brunnen, verdorren die Rosenbüsche, sinken die Nachtigallen todt auf die Trümmer der Alhambra hin, stirbt der letzte Maurenkönig von Granada!

(Der Page kommt mit dem Schwerte Abenamars.)

Abin Hamad (nimmt ihm das Schwert ab). Das Schwert Abenamars! — Roth schimmert es im Abendstrahl! Todbringend fuhr es immer auf das Haupt des Feindes nieder, siegverkündend erhob es sich vor dem Thron des Königs! — Es bebt in meiner Hand! — Es klingt! — Zum Kampf! — Schwingt Euch auf die Rosse, stürmt ein in die Straßen Granadas! —

Alle (begeistert). Auf! Nach Granada! (Sie eilen Alle ab.)

Der Vorhang fällt.

Zweiter Aufzug.

Die Alhambra. Gemach im Thurm von Comares. Im Hintergrunde ein Bogenfenster mit dem Ausblick auf Granada.

(Fatime steht vor Zaide, die auf einem Teppich lagert und die Hand auf einen seidenen Polster stützt.)

Fatime. Gedenk nicht mehr der grausigen, blutigen That. Besteige mit mir die Zinne des Thurmes, athme die milden Lüfte, blick hinab in den Garten der Wonne.

Zaide. Laß mich den edlen, greisen Abenamar beweinen, der wie ein kampfbegeisterter Jüngling in den Schlachten focht. Rettete nicht sein Tod Abin Hamad das Leben? — O wenn auch den Heißgeliebten das schreckliche Geschick erreicht hätte! — Noch quält mich die Angst, ob der Theuere in Granada einritt. (Sie erhebt sich, angstvoll aufschreiend.) Die spanischen Krieger überfielen ihn, nahmen ihn gefangen, — tödteten ihn! — O Fatime! Hat ihn eine feindliche Lanze durchbohrt, kann ich nicht mehr in sein flammendes Auge sehen, dann sterbe ich vor Liebesgram.

Fatime. Erzürne nicht Allah mit Deinem Kleinmuth. Er hat ihn vor dem Henkerschwert beschützt, er sandte auch jetzt den Engel der Nacht, mit den schwarzen Fittigen Abin Hamad vor den feindlichen Reitern zu verbergen. Laß die schwermüthigen Gedanken, komm auf die Zinne, schau hin auf die Mauern Granadas, von denen Abin Hamad sehnsuchtsvoll nach den Thürmen der Alhambra späht.

Zaide (erhebt sich). Deine Trostworte verscheuchen nicht aus meiner Seele das Traumbild, das mich Schlimmes ahnen läßt. Trübe leuchtete der Mond, als ich auf das Lager hinsank. Bald lag ich im tiefen Schlafe. Plötzlich spaltete sich der Marmorboden des Thurmgemaches. Ich sah hinab in einen hellerleuchteten Saal; seine Wände schimmerten von Gold und Edelsteinen. Auf einem Thron, den schwarze Schleier verhüllten, saß ein maurischer Ritter, bleich, mit geschlossenen Augen. Zerbrochen lag vor ihm der Säbel, zerknittert die blaue Feder seines Turbans. Eine Spanierin voll Anmuth und Liebreiz kniete an den Stufen des Thrones; ihr träumerischer Blick ruhte auf ihm, ihre weiße Hand griff in die Saiten einer silbernen Leier. Zauberhaft erklangen die Töne, himmlische Wonne erfüllte mein Herz. Es zog mich hin zu dem Spalt; ich neigte mich hinab, rief im höchsten Entzücken ihr zu: Nimm meine Krone, gib mir die Leier! — Sie schwieg. Stürmisch pochte mein Herz. Ich nahm die Krone vom Haupte und warf sie hinab. — Da schlug der Jüngling die Augen auf; er blickte so wehmuthsvoll wie ein Sterbender auf mich hin. Blut quoll aus seinem Herzen, todt sank er vom Throne. Ein entsetzlicher Wehruf erscholl. Und in Nebel zerfloß die Gestalt der Zauberin; die silberne Leier schwebte als blaue Flamme über der Leiche des Jünglings. — Ich erwachte. Eine Natter raschelte an meinem Lager vorbei und verschwand in dem Gemäuer.

Fatime. Wie quälst Du Dich selbst. Aus den Märchen, die ich Dir Abends erzählte, hast Du im Traum ein neues gedichtet. Komm auf die Zinne.

(Comixa tritt ein.)

Comixa. Der König sendet mich zu Dir.

Zaide. Boabdil erkennt sein Unrecht? Befreit mich von der Haft? Ich kehre wieder in meinen Palast zurück?

Comixa. Der König befahl mir, Dich mit den Frauen in das herrliche Thal Porchena zu geleiten.

Zaide. Boabdil wagt die Schlacht, die ihm König Ferdinand anbietet?

Comixa. Er schloß mit König Ferdinand den Frieden ab.

Zaide (erregt). Boabdil liefert Granada den Spaniern aus?

Comixa. Auch die Alhambra.

Zaide (erregt). Er flieht aus dem Garten der Wonne? Läßt mit den Rosen, mit dem Lorbeer, aus denen die Maurinnen für ihre Ritter Sieges=

kränze flochten, von den Spaniern das Kreuz umwinden, vor dem sie uns den Flammentod schwuren? — Ihn ergreift nicht tiefes Weh, sieht er die castilischen Krieger an die Marmorsäulen, über welche die Engel Allahs ihre Silberschleier zu Bogen spannten, die vom Maurenblut bespritzten Waffen hängen? — Ihm graut nicht vor dem Fluche Allahs, wenn die Christen die heiligen Sprüche des Koran verhöhnen, die von Gold und Edelsteinen schimmernden Wände der Alhambra mit ihren Schilden, Fahnen entweihen? — (Mit Hohn.) Er zerbrach sein Schwert, senkte vor den Christen das Banner des Islam! — König Ferdinand verbannte ihn nach Porchena?

Comixa. Glanzvoll wie in der Alhambra wird auch der Hof Boabdils in Porchena sein.

Zaide. Durch die Großmuth des Siegers? — Ich theile nicht das Loos des Verbannten.

Comixa. König Ferdinand reichte Boabdil als Freund die Hand zur Versöhnung.

Zaide. Der Vezier Boabdils glaubt an die Treue des Feindes, an den Edelsinn des Christen?

Comixa (ernst). Folge mir nach Porchena.

Zaide. Du willst mir die Schmach auferlegen, vor dem schadenfrohen Lächeln der Darache mein Auge zu senken? Ich beuge mich nicht vor dem Kinde einer Sclavin, vor einer Christin!

(Fatime nimmt ein Schmuckkästchen und ordnet dasselbe.)

Comixa. Darache wäre eine Christin?

Zaide. Sie schwört wohl bei Allah, doch glaubt sie nicht an ihn. Ich belauschte sie, wie sie ein goldenes Kreuz, das sie von ihrer Mutter erbte, an ihre Lippen in frommer Demuth drückte.

Comixa (wirft einen lüsternen Blick auf die Edelsteine, die Fatime betrachtet und in das Kästchen legt). Das Täubchen von Sevilla bezauberte den König mit Lautenspiel und Gesang.

Zaide. Sie ist die Herrscherin an seinem Hofe; wenn Du ihr nicht huldigst, wird der König auch Dir seine Gunst entziehen.

Comixa (für sich). Ihr Wort erhellt wie der Feuerstrahl des Rubins meinen Sinn.

(Fatimen entfällt die Rose mit dem Rubin. Comixa hebt sie schnell auf.)

Comixa. Wie sorglos ließest Du das kostbare Kleinod zu Boden gleiten. (Er betrachtet die Rose.) Herrlich! (Zu Zaide.) Du schätzest den Rubin sehr hoch?

Zaide (gleichgiltig). Das Kästchen schließt noch viele kostbare Diamanten und Perlen ein.

Comixa (für sich). Sie kennt nicht seinen Werth. (Entzückt.) Wie feurig der Rubin glänzt! — Diese kunstvolle Rose! Ein Meisterstück! (Schmeichlerisch zu Zaide.) Der Zauberrose fehlt nur der Ambraduft Deiner Locken.

Zaide. Du liebst die Edelsteine?

Comixa (ganz im Anschauen des Rubins verloren). Einzig! — Prächtig! — Unschätzbar!

Zaide. Du kannst Dich von dem Rubin nicht trennen?

Comixa (drückt die Rose an die Brust). Was sagst Du?

(Man hört Geschütze donnern. Comixa sieht überrascht auf, eilt zum Bogenfenster und kommt bestürzt zurück.)

Zaide. Du bist erregt! Du hast mich getäuscht; die Schlacht beginnt.

Comixa. Die Mauren in Granada griffen zu den Waffen, kämpfen gegen die Krieger König Ferdinands.

Zaide. Sie sträuben sich, die Waffen zu strecken.

Comixa. Die Abencerragen schwuren Boabdil Rache, riefen das Volk zum Kampf.

Zaide (mit zitternder Stimme). Wer von den Abencerragen schwingt die Fahne des Islam?

Comixa. Der Verräther, der hochmüthige Abin Hamad.

Zaide (überrascht). Er! (Sich beherrschend.) Er ist der Tapferste der maurischen Ritter. Der Retter von Granada!

Comixa (für sich). Wäre sein Haupt durch das Henkerschwert gefallen. Wenn mir König Ferdinand, da er den Frieden brach, den Ehrensold verweigert? (Er ballt die Faust.) Fahr hin, Rebell!

(Der Kriegslärm kommt näher, der Donner der Geschütze wird stärker.)

Zaide. Die Spanier weichen von den Wällen Granadas zurück, nähern sich der Alhambra.

Comixa (angstvoll). Rafft Eure Schätze zusammen, hüllt Euch in die Mäntel. Ich komme wieder mit meinen Kriegern. (Für sich jammernd.) O meine Schätze! — Wie rette ich sie? — (Er steckt hastig die Rose in die Brust und eilt fort.)

Fatime. Er nahm in der Hast den Rubin mit sich fort.

Zaide. Der Edelstein bestach ihn so sehr, daß er vergaß, uns nach Porchena zu geleiten.

Fatime. Verbergen wir uns bis zum Anbruch der Nacht bei den Gräbern der Abencerragen.

Zaide. Wir fliehen zu den Lebenden, — zu Abin Hamad! (Höchst entzückt.) Der Heißgeliebte lebt! Kämpft für Granada, für die Alhambra! Kein castilischer Reiter wird sein Roß am Löwenbrunnen tränken, die Kreuzesfahne nicht auf dem rothen Thurm der Alhambra flattern, das edle Blut der maurischen Ritter nicht mehr die Rosenkelche im Garten der Wonne füllen. — Abin Hamad! Wie eine Sclavin will ich Dir dienen! Den Speer, den Schild trage ich Dir vor. Sinkt ermattet Dein Arm, schwinge ich Deinen Säbel. Fällst Du durch die Waffe des Feindes, stille ich mit meinen Locken das Blut Deiner Wunde. Ich wache, wenn Du schlummerst, breite um Dich den Mantel, daß der Nachtthau Dich nicht erweckt. Hauchst Du aus Dein edles Leben, stoß ich Deinen Dolch mir ins Herz.

(Sie eilen Beide fort.)

Verwandlung.

Anhöhe mit Feigenbäumen, Lorbeerbüschen. Rechts sieht man auf Granada hin. Im Hintergrunde ist eine Moschee.

(Boabdil tritt mit Abal Cazim und mit Zegri auf.)

Boabdil. Drangen die Krieger Ferdinands in die Stadt ein?

Abal Cazim. Die Mauren kämpfen hartnäckig auf den Wällen von Granada.

Boabdil (für sich). Wenn Abin Hamad siegt? Er sah die hingerichteten Abencerragen.

Ein Ritter. Die Spanier schwingen die Fahnen.

(Der Himmel röthet sich; man hört die Geschütze donnern und Siegesjubel.)

Abal Cazim (sieht auf Granada hin). Flammen lodern zum Himmel auf, Mauertrümmer fliegen empor. Die Geschütze schossen eine Bresche in den Thurm. Die Spanier stürmen an; eine Maurenschaar stürzt aus der Stadt heraus, schlägt sich durch die feindlichen Reiter.

Ein Ritter. Abdallah, der Vater Abin Hamads, bringt wie ein Würgengel auf die castilischen Krieger ein. Ein Schwerthieb streckt ihn zu Boden. Die Abencerragen fliehen.

Boabdil (aufathmend). Abin Hamad ist besiegt! (Zu Abal Cazim.) Laß das Thor der Alhambra vermauern, aus dem der letzte Maurenkönig ritt, kein Maure soll mehr durch den Bogen schreiten. (Er zeigt auf die Moschee.) Hier übergebe ich dem König Ferdinand die Schlüssel von Granada. (Er wendet sich rückwärts und streckt bewegt die Hände gegen Granada hin.) Granada! Mein geliebtes Granada! Leb wohl! Ich scheide von Dir auf immer! — Ihr duftenden Orangengärten mit dem süßen Nachtigallengesang, ihr schattigen Cypressenhaine, die ihr mich so oft entzücktet, ihr plätschernden Springbrunnen, von Rosen und Myrten umkränzt, die ihr meine heiße Stirne gekühlt, ihr murmelnden Silberquellen, die ihr mich in holde Träume gewiegt, empfangt meinen letzten Gruß! Auch von dir, mächtiger Bergriese, der stolz das Schneehaupt zum Himmel erhebt, die heranbrausenden Stürme von dem herrlichen Thale abwehrt, muß ich scheiden. Umschließe stets mit deinen schützenden Armen die fruchtreichen Fluren meiner Heimat. (Er wendet sich gegen die Alhambra.) Leb wohl, Alhambra, du Stolz der Maurenkönige! — Verkünde den Enkeln die Tage unseres Waffenruhmes, unsere glanzvollen Feste. Dir sei diese bittere Abschiedsthräne geweiht. Du sahst mich entzückt im Liebesglück, — geschmückt mit dem Siegeskranz, — der Krone beraubt! — (Er trocknet sein Auge. Die Anwesenden entblößen ihr Haupt und küssen den Boden.)

Abal Cazim (für sich). Der letzte Seufzer des Maurenkönigs in Granada.

Boabdil (zu den Rittern). Schleudert die silbernen Trompeten in den Strom. Sie rufen nicht mehr zum Turnier, — zur Schlacht. (Die Ritter werfen die Trompeten in den Strom.)

(Es ertönt Kriegsmusik von der Alhambra und man hört die Siegesrufe: San Jago! San Jago!)

Abal Cazim. Die Alhambra ist in den Händen der Castilier. (Die Sonne bricht durch die Wolken.) Das Silberkreuz schmückt den rothen Thurm der Alhambra.

Boabdil (erschüttert). Der Halbmond sank in Granada in den Staub. Der Ruf der Muezzins auf den Minareten wird verstummen, das Glockengeläute der christlichen Kirchen die Wehklage der Moslimen übertönen.

(Es erschallen Fanfaren. Aguilar und Tendilla kommen an der Spitze der Krieger und halten an der Moschee. Ein Herold hängt an der Moschee das Wappen Castiliens auf. Ferdinand, Isabella und Don Juan treten mit großem Gefolge auf.)

Ferdinand (zu Allen). Kniet nieder! Blickt hin auf das Kreuz von Toledo, das im Sonnenglanz von der Alhambra herüberstrahlt, uns zum Sieg geführt. Danken wir dem Herrn. (Er kniet nieder und entblößt sein Haupt. Die Capellensänger stimmen das Loblied an. Alle senken die Waffen und Fahnen. Boabdil senkt das Haupt, die maurischen Ritter stoßen ergrimmt die Lanzen in den Boden. Nach einer kurzen Pause erheben sich die Spanier. Ferdinand winkt Juan zu sich heran. Er legt die Hand auf seine Schulter. Mit zärtlichem Vorwurf.) Junges Blut, ungestümer Muth! Du stürmtest zu kühn den Wall hinan! — Sieger von Granada! Beuge das Knie, empfange im Namen San Jagos den Ritterschlag. (Er ertheilt ihm den Ritterschlag, die Trompeten schmettern, die Krieger schwingen die Fahnen.)

Don Juan (erhebt das Schwert). Für Spaniens Glück und Ruhm!

Ferdinand (feierlich). Für den Glauben!

Isabella (zu Ferdinand). Begrüße Boabdil nicht als Besiegten, als Freund.

(Boabdil nähert sich Ferdinand und sucht dessen Hand zu küssen.)

Ferdinand (weist die Huldigung zurück). Du bist nicht mein Vasall.

(Boabdil ergreift den rechten Arm Ferdinands und küßt denselben. Er nähert sich hierauf der Königin, um ihr die Hand zu küssen. Isabella weist die Huldigung zurück.)

Isabella (führt den Sohn Boabdils, der neben Juan steht, dem Boabdil zu). Ich führe Dir wieder den Sohn zu, den Du mir nach der Schlacht bei Lucena als Geisel in die Obhut gabst. Er war der liebevolle Gespiele Don Juans, des Infanten, möge er auch gegen den künftigen König von Spanien sich als treuer Freund bewähren.

Boabdil (drückt den Sohn an das Herz). O wie lange sah ich nicht in Dein unschuldsvolles Auge! — Armes, theures Kind! (Er nähert sich demüthig König Ferdinand und überreicht ihm die Schlüssel von Granada, die ihm Abal Cazim übergibt.) Empfange gnädig die Schlüssel von Granada; sie sind die letzten Ueberreste der arabischen Herrschaft in Spanien. Dein, o König, sind unsere Siegeszeichen, unser Reich! Auch ich bin Dir jetzt unterthan. So ist es der Wille Allahs.

Ferdinand (empfängt die Schlüssel; mit heiterer Großmuth). Ich bin Dein Freund. Bewahrst Du mir die Treue, dann wirst Du in Porchena im Glanze Deines Hofes die Krone von Granada nicht vermissen. (Er gibt die

Oberleitner, Abin Hamad.

Schlüssel der Königin.) In Deine Hände, edle Frau, lege ich die Schlüssel. Du warst meine Kampfgenossin, hochherzige Schützerin in den langen, schweren Kämpfen.

Isabella (gibt die Schlüssel Juan; mit Mutterstolz). Ritter von San Jago! Bewache sie mit dem Schwerte, sie sind ein Geschenk des Herrn.
(Juan übergibt die Schlüssel dem Grafen von Tendilla.)

Ferdinand (zu Tendilla). Dir vertraue ich die Zügel der Herrschaft in Granada. Geleite mich jetzt und die Königin nach Cordova; bis du wiederkehrst, (er zeigt auf Aguilar) hat Aguilar die aufgeregten Gemüther besänftigt.

Boabdil (naht sich schüchtern). Noch immer fließt das Blut der Mauren.

Ferdinand (kalt). Das Blut der Rebellen, die gegen mich und Dich die Waffen erhoben. (Er winkt.) Nach Cordova. (Er geht voran.)
(Juan eilt auf den Sohn Boabdils zu und umarmt ihn herzlich. Juan kehrt zu Isabella zurück, die ihn gerührt auf die Stirne küßt.)

Isabella (reicht Boabdil die Hand). Gedenk der Freundin in Cordova.
(Die Kriegsmusik ertönt; sie folgt mit Juan und mit dem Gefolge dem König Ferdinand.)

Boabdil (sieht ihr bewegt nach). Die edle Königin! —
(Zu den Rittern.) Folgt mir nach Porchena. (Er nimmt den Sohn bei der Hand) Komm, mein Kind, auch in Porchena duften Rosen, Veilchen, kannst Du Dir Kränze winden. (Sie gehen ab.)
(Abencerragen treten mit dem verwundeten Abin Hamad auf, den sie stützen.)

Abin Hamad. Fluch dem Mörder, der meinen Vater erschlug. Er entgeht nicht meiner Rache. Armer, armer Greis! — (Er preßt die Hand auf die Brust.) Der Lanzenstoß ging tief in die Brust! — Ist die Königin gerettet?

Ein Abencerrage. Sie floh aus dem Thurm.

Abin Hamad. Wohin? Wohin?

Ein Abencerrage. In das Paradies! Die Kugel eines spanischen Schützen durchbohrte ihr Herz.

Abin Hamad (schmerzvoll). Zaide todt! — todt! (Er sinkt unter einen Baum nieder.)

Ein Abencerrage. Er ist tödtlich verwundet. Er schloß die Augen.

Ein anderer Abencerrage (sieht gegen die Moschee). Fort von hier! Spanische Krieger nahen. (Er bricht einen Lorbeerzweig ab und legt ihn zu den Füßen Abin Hamads.) Leb wohl, Du Tapferster der Tapferen. (Sie eilen Alle fort.)

(Tendilla, Aguilar und mehrere Officiere kommen von der Moschee.)

Tendilla (zu Aguilar). Beschütze Granada.

Aguilar. Die Abencerragen sollen die Mauren nicht mehr aufwiegeln.

Tendilla (zu den Officieren). Folgt mir in das Lager des Königs.

(Tendilla schüttelt die Hand Aguilar's.)

Abin Hamad (auf Beide blickend, erhebt sich). Ha! Der Spanier, der meinen Vater erschlug! (Er greift nach dem Säbel, sinkt aber ermattet hin. Tendilla geht mit den Officieren rechts, Aguilar links ab.)

(Elvira tritt mit ihren Frauen auf. Sie tragen auf der Brust ein Kreuz aus Tuch. Krieger begleiten sie.)

Elvira (tritt vor). Hier im Schatten des Lorbeerbaumes liegt ein maurischer Krieger.

Eine Frau. Ein Todter.

Elvira. Ein Schwerverwundeter, der vom Kuß des Todesengels träumt. (Sie tritt näher.) Ein Abencerrage.

Eine Frau. Ueberlaß ihn seinem Geschick.

Elvira. Wie lieblos du sprichst.

Eine Frau. Gedenkst Du nicht mehr der Gräuel der flüchtigen Mauren in Granada? An keiner Schwelle der Christenhäuser ruhte ihre Mordgier. Dolche bohrten sich in Kinderherzen, Greise erstickten in den Flammen.

Elvira. O schrecklich war der Anblick; noch bebt mir das Herz.

Eine Frau. Du willst ihn retten? Er mordete wie die Anderen.

Elvira. Tragen wir nicht auf der Brust das Kreuz? Gemahnt es uns nicht, daß wir Werke der christlichen Liebe vollbringen sollen? — Schon streckt der Tod nach ihm die Arme aus. Ich lasse ihn nicht verbluten. (Sie kniet vor Abin Hamad hin.) Welch' ein edles Antlitz! Ein sanftes Lächeln verklärt es. (Sie legt die Hand auf sein Herz.) Sein Herz schlägt matt. — Er athmet schwer. Die Wunde schmerzt tief. Fest geschlossen sind die Augenlider. — Er seufzt auf. — Von wem er träumen mag? (Sie flößt ihm aus einer Feldflasche Wein ein.) Der Wein wird ihn stärken. Seine Wange röthet sich). (Nach einer Pause.) Er legt die Hand auf die Brust. Er schlägt die Augen auf. (Für sich.) Wie wehmuthsvoll ist sein Blick! (Zu der Frau.) Reich mir den Verband. (Die Frau gibt ihr den Verband.) Die Wunde blutet stark, ich muß sie stillen.

Abin Hamad (mit matter Stimme.) Wer bist Du? Was willst Du hier?

Elvira. Ich verbinde Deine Wunde.

Abin Hamad. Wer befiehlt es Dir?

Elvira. Christus! — Er sprach: Liebe Deinen Nächsten wie Dich selbst.

Abin Hamad. Auch den Feind, der den Vater mir erschlug?

Elvira. Den Frevel, den er beging, bestraft Gott. (Sie will seine Wunde verbinden.) Du bist schwer verwundet.

Abin Hamad (wehrt sie ab). Laß mich sterben.

Elvira. Du verschmähst meine Hilfe?

Abin Hamad. Todt sind Alle, die mich liebten.

Elvira (forschend). Die Du liebtest?

Abin Hamad (aufseufzend). O meine Lieben!

Elvira (streicht ihm über die Locken). Vergiß jetzt die Schwester, — Dein Weib, — die Geliebte, daß nicht Dein schmerzvolles Gedenken den Puls erhöht, das Blut stärker aus der Wunde fließt.

Abin Hamad (erhebt sich; sie stützt ihn; er sieht ihr verwundert in das Auge. Für sich). Ihr Zauberblick lindert meine Schmerzen.

Elvira. Du fühlst Dich kräftiger? Versuch, Dich zu erheben.

Abin Hamad (für sich). Sandte Allah mir einen Engel? (Er ergreift bewegt ihre Hand.)

Elvira (entzieht ihm sanft die Hand). Keine Thränen. (Sie winkt den Frauen, die herbeikommen, um Abin Hamad fortzuführen.)

Abin Hamad. Wohin willst Du mich bringen?

Elvira. In den Palast, den früher die maurische Königin bewohnte.

Abin Hamad (für sich). Wo ich sie zum letztenmal sah! (Zu Elvira.) Du verläßt mich?

Elvira (innig). Weilt nicht der Arzt am liebsten bei dem Kranken? — Ich pflege Dich, bis Du genesen bist.

Abin Hamad (wehmüthig für sich). Ob auch bei ihr sich die Wunde meines Herzens schließt?

(Elvira winkt. Die Krieger bringen eine Tragbahre Elvira nimmt Abin Hamad den Säbel und den Turban ab. Die Frauen heben Abin Hamad auf die Bahre. Die Krieger tragen die Bahre. Elvira folgt den Frauen mit dem Säbel und mit dem Turban Abin Hamads.)

Der Vorhang fällt.

Dritter Aufzug.

Aermliches Gemach in einem maurischen Hause.

Zaide. Fatime! Edle, unvergeßliche Freundin! O, daß Du mir auf der Flucht durch das Todesgeschoß des feindlichen Schützen entrissen wurdest! Du tröstest nicht mehr die Einsame, die Gramgebeugte. — Abin Hamad! Auch Dich drücke ich nimmer an mein Herz! — Er fiel im Kampfe, der Heißgeliebte! Das Schwert des Helden zerbrach, als die Krone von Granada vom Haupte des Königs fiel! — Thränenlos warf der siegestrunkene Krieger die Scholle in das Grab des Theuren. Wie oft schritt ich über den Hügel, unter dem er ruht, den keine Freundeshand mit dem Lorbeer geschmückt, von dem der blutgierige Rabe die klagende Nachtigall fortscheucht! — Herrliche, unglückliche Heimat! Ich liebe Dich noch inniger, da er sein Blut für Dich vergoß. — Kann ich nicht mehr in sein flammendes Auge sehen, muß ich verlassen in den verwüsteten Orangenhainen wandeln, trauernd über mein herbes Loos, über die zertretenen Rosen, zerstampften Myrten, so soll doch der Schmerz mit dem Thränenschleier meinen Blick für fremdes Weh nicht verhüllen. Größer noch ist das Leid der

Mauren; ich will es lindern; röthet die Freude die bleiche Wange der Armen, schweigt auch meine Klage. (Hassan kommt.) Du kommst, forderst neue Gabe für die Armen? Nimm das Gold, vertheile es unter sie. (Sie gibt ihm Gold.)

Hassan. Du denkst nur an die Leidenden, nicht an Dich. Du spendest zu verschwenderisch die Liebesgaben.

Zaide. Bin ich nicht mehr die Königin in Granada, so bleibe ich doch die Schützerin der verfolgten Mauren.

Hassan. Ein edles Herz erschöpft sich nicht an Liebeszeichen; Dein Kästchen aber wird bald leer an Edelsteinen sein.

Zaide. Bleibt mir nicht der Kronenreif? Mit einem Diamanten, den die Königin der Armen aus ihm bricht, stillt sie den Hunger von Tausenden. Nimm das Gold!

Hassan (küßt ihr Gewand). Du bist liebreich und hochsinnig; ein einziges Weib in Granada gleicht Dir an Güte und Edelmuth.

Zaide. Kenn ich die Maurin?

Hassan. Auf den blumenreichen Fluren Andalusiens erwuchs die Herrliche. Elvira, die Tochter des Grafen von Tendilla, pflegt die todesmatten Mauren wie die verwundeten Christen.

Zaide. Eine Spanierin? Eine Christin? Du glaubst an die Lüge?

Haſſan. Elvira ſelbſt wacht an dem Schmerzens‍lager eines Abencerragen.

Zaide (überraſcht). Sie pflegt einen Abencerragen! — Wie heißt er?

Haſſan. Die Frauen Elviras, die ich befragte, kennen nicht ſeinen Namen.

Zaide. Die ſchlaue Chriſtin verſchweigt ſeinen Namen?

Haſſan. Sie will den Abencerragen vor den Spähern Aguilar's ſchützen.

Zaide (haſtig). Sie ſucht ihn zum Abfall vom Islam zu verleiten. Bleibt er Moslim, verräth ſie ihn, liefert ſie ihn Aguilar aus.

Haſſan (begütigend). Sie denkt nur, den Schmerz des Schwerverwundeten zu lindern. Wenn der Aben‍cerrage ihr ſich nicht entdeckte?

Zaide (unruhig). Sie beſtrickt ihn mit Liebesblicken, entlockt ihm mit Schmeichelworten ſein Geheimniß. (Für ſich.) Ich muß ihn ſehen.

Haſſan. Verbanne den Argwohn aus Deinem Herzen; blick nicht haßerfüllt in das fromme Auge der Chriſtin.

Zaide (erregt zu ihm). Geh! Vertheile das Gold unter die Armen; komm morgen wieder.

Haſſan (zieht ein Käſtchen aus dem Gewand und reicht es ihr befangen). Nimm dieſes Käſtchen.

Zaide. Was enthält es?

Haſſan (zögernd). Deine Smaragden, Rubinen, Diamanten.

Zaide. Woher nahmſt Du das Gold, das Du mir für die Edelſteine brachteſt?

Haſſan (beklommen). Ich erhielt das Gold —, ich hatte es mir erſpart. Du haſt Eile, ich darf Dich nicht länger hier zurückhalten. (Er ſtellt das Käſtchen auf den Tiſch und eilt fort.)

Zaide (ruft ihm nach). Haſſan! — Ein Armer, der die Königin beſchenkt! (Sie öffnet die Seitenthür, die einen Wandſchrank verſchließt, und ſtellt das Käſtchen hinein. Angſtvoll.) Ein Abencerrage in der Obhut der Tochter des Grafen von Tendilla! Er kennt nicht die Gefahr, in der er ſchwebt. Ich kann ihn vor dem Flammentode retten! — Er focht an der Seite Abin Hamads! Er weiß vielleicht um das Schickſal des Heißgeliebten! — Fort! Fort! Zu dem Abencerragen! (Sie will gehen, als Aguilar mit Kriegern eintritt.)

Aguilar (unbewehrt in der Tracht eines Richters). Oeffne die Gemächer.

Zaide. Was ſuchſt du hier? Gold? Edelſteine? Ich bin arm.

Aguilar (forſchend). Du verbirgſt einen Abencerragen.

Zaide. Ich würde Dir keinen verrathen.

Aguilar. Du hältſt mit den Empörern? Du biſt dem Tode verfallen, wenn Du ſie in Schutz nimmſt. Schließ auf das Gemach! (Er geht zur Seitenthür.)

Zaide (stellt sich vor die Thür). Weich zurück.

Aguilar. Du widersetzest Dich dem Befehl des Königs? Weisest Aguilar zurück?

Zaide (für sich entsetzt). Aguilar! Der Blutmensch! (Stolz zu ihm.) Hier herrsche ich. Mein ist das Recht, die Thür zu verschließen.

Aguilar (für sich). Ein Weib voll Muth. (Zu ihr.) Gehorche. (Zu den Kriegern.) Folgt mir.

Zaide. Kein maurischer Ritter würde mir so herrisch entgegengetreten.

Aguilar. Du bist von edlem Stamme?

Zaide. Ein Weib, der Stolz des Mauren.

Aguilar. Der Spanier steht Keinem an feiner Sitte nach. (Zu den Kriegern.) Verlaßt das Haus; durchstreift den Palmenhain. (Die Krieger gehen ab. Die Mittelthür bleibt halb geöffnet.)

Zaide (weicht von der Thür zurück und zeigt gnädig auf sie hin.) Oeffne die Thür.

Aguilar (für sich). Ein stolzes Weib! Wie eine Königin blickt sie mich an. (Er begrüßt sie und will gehen, als Schreckensrufe erschallen: Flieht! Flieht!) Welcher Lärm? Schlägt wieder die Flamme des Aufruhrs empor?

Zaide (eilt an das Fenster). Die Mauren flüchten. (Entsetzt.) Die Giftschlange brach im Palaste des Königs aus dem Käfig. Sie kriecht dem Hause zu.

Aguilar (angsterfüllt). Zeig mir den Weg, auf dem ich ihr entkomme. (Er eilt zur Seitenthür.)

Zaide. Nicht dorthin!

Aguilar. Ich schütze Deinen Geliebten, trägt er auch das Abzeichen der Abencerragen.

Baide (kalt). Die Thür verschließt einen Wand=schrank.

Aguilar. Gib mir seine Lanze.

Baide (für sich). Falscher! (Zu ihm.) Ließest Du nicht die Mauren entwaffnen? (Horchend.) Die Ringe der Schlange klappern. — Klirren nicht Ketten?

Aguilar (eilt auf die Mittelthür zu). Geleite mich aus dem Hause.

Baide (hält ihn zurück). Du gehst der Schlange ent=gegen.

Aguilar. Schließ die Thür.

Baide (zieht ihn zur Seitenthür). Zu spät. (Angstvoll.) Die Schlange lauert draußen an der Schwelle.

Aguilar (entsetzt). Dann sind wir des Todes!

Baide (dämonisch). Fürchtest Du den Tod?

Aguilar (will zum Fenster eilen). Durch das Fenster kann ich mich retten.

Baide (hält ihn zurück. Leise zu ihm). Die Schlange er=hebt den Kopf. Keinen Schritt! Keinen Laut! — Ich banne sie mit dem Blick. (Sie schreitet langsam auf die Mittelthür zu, streckt die Arme dahin aus und starrt unbeweglich auf die Schwelle hin. Pause. Sie schlägt hastig die Thür zu und schreitet zu ihm zurück.) Die Schlange kroch hinweg. Du bist gerettet.

Aguilar (aufathmend). Sie ist fort! (Milde.) Vergib mir den Verdacht.

Zaide. Du zitterst noch? (Sie geht zum Fenster und zeigt hinaus.) Sieh hinaus, die Schlange liegt unter der Cypresse, von einer Lanze durchbohrt.

Aguilar. Die Schlange floh dahin?

Zaide (mit Hohn). Das Ungeheuer war nicht an der Schwelle dort.

Aguilar. Die Schlange lag nicht dort? Du triebst mit mir ein grausam Spiel?

Zaide. Du fühltest jetzt die Todesqual der Opfer Deiner Blutgier!

Aguilar (drohend). Du bist in meiner Gewalt!

Zaide. Das Weib ist nicht wehrlos. Du kennst jetzt seine Waffe.

Aguilar (für sich). Ein dämonisch Weib! (Zu ihr.) Hüte Dich vor dem Gericht des Königs. (Er eilt fort.)

Zaide. Die Spanierin liefert Dir den Abencerragen nicht aus! (Eilt ab.)

Verwandlung.

Garten. Im Hintergrunde sieht man den Palast der Königin.

(Abin Hamad tritt auf.)

Abin Hamad. Beseligt wandle ich im Schatten der Cypressen, umduftet von Orangenblüthen. Der Genesene fühlt nur die heiße Sehnsucht, die Christin, die ihm das Leben rettete, an sein lieberfülltes Herz zu drücken. Noch zieht die Holde sich schüchtern vor mir zurück; wage ich eine kühne Frage, entmuthigt mich ihr stolzes Schweigen, die Antwort mit Bitten mir zu erzwingen. Ein neuer, geheimnißvoller Zauber umfließt die Liebste, der eine Wonne in meiner Brust erweckt, die ich nie geahnt, an dem Herzen Zaiden's nicht empfand. Ist es ihr frommer, unschuldsvoller Blick, der mich bestrickt? Hält das Kreuz, das sie auf ihrem Herzen trägt, mich zurück, mit Flammen= küssen ihr Antlitz zu bedecken? — Ich kann ihr nicht länger verschweigen, wie ich sie liebe. Dies Blatt soll es ihr verrathen. (Er zieht ein Pergamentblatt aus der Brust.) Der Kelch der Rose schließe mein Geheim= niß ein. (Er will eine Rose pflücken, hält aber inne.) Mit diesen Rosen schmückt sie den Altar. Sie kniet oft vor ihm in tiefer Andacht. Darf ich die Rose pflücken? — Schließt sie nicht auch in ihr Gebet die geheimen Wünsche ihres Herzens ein? Sie kann mir nicht zürnen, wenn ich ihr die Rose reiche. (Er pflückt die Rose und steckt das Blatt in den Kelch.)

Elvira (kommt). Du tändelst mit Blumen?

Abin Hamad. Ich pflückte für Dich die duf= tigste Rose. (Er gibt ihr die Rose.)

Elvira (sieht das Pergamentblatt, zieht es aus dem Kelch der Rose und liest es erröthend. Sie läßt das Blatt fortfliegen. Scherzhaft zu ihm.) Das Blatt entschwebt im Abendwind wie das Schmeichelwort der Lippe des Heißblütigen.

Abin Hamad. Du gibst es den Lüften preis?

Elvira. Zu ernst ist die Stunde für das Spiel. Die Späher Aguilar's fahnden auf Dich.

Abin Hamad. Aguilar trete mir entgegen. Er weiß nicht, wie ich die Klinge führe.

Elvira. Hüte Dich, ihn herauszufordern. Auf Befehl des Königs verfolgt er die Abencerragen. Auch die Maurinnen, die sie verbergen, theilen das schimpfliche Loos der Geächteten.

Abin Hamad. Rächte noch Keiner die Opfer des Blutmenschen, so stoße ich ihm den Dolch in das Herz.

Elvira. Du birgst noch in Deinem Herzen Rachgier? Besiege sie; sie tödtet die edelsten Gefühle, die Gott zum Trost für die leidenvolle Pilgerfahrt in unsere Brust gesenkt.

Abin Hamad. Ich soll nicht meine Waffenbrüder schützen? Behandelt man sie nicht wie Feinde?

Elvira. Der Besiegte fügt sich schwer in den Gehorsam, klagt über Gewalt, wenn ihn die Hand, die ihn entwaffnete, in die Schranken der Sitte weist.

Abin Hamad. So wie Du, edle, reizende Siegerin, handeln, fühlen nicht die siegestrunkenen Krieger. Kannst Du mich verdammen, wenn ich die verfolgten Freunde warnen, retten will? Ist Mitleid nicht auch ein göttlicher Lichtstrahl, der unser Gemüth erleuchtet, erwärmt?

Elvira. Du darfst den Abencerragen die Hand nicht reichen; sie metzelten die wehrlosen Christen in ihren Häusern nieder.

Abin Hamad. (Ermordeten die Spanier nicht jeden gefangenen maurischen Krieger? (Schmerzvoll.) Oh! Auch du, greiser Vater, wardst von einem christlichen Ritter erschlagen!

Elvira (entsetzt). Dein Vater! — Du kennst den Ritter?

Abin Hamad. Nicht seinen Namen. (Wild.) Doch sah ich in sein Angesicht. Ich erkenne es wieder. (Für sich.) Er entgeht nicht meiner Rache!

Elvira (angstvoll forschend.) Trug der Ritter ein Abzeichen?

Abin Hamad. Eine goldene Kette.

Elvira (für sich). Sie schmückt die Brust meines Vaters. Auch Aguilar trägt sie. (Zu ihm.) Ein Federhut schützte sein graues Lockenhaupt?

Abin Hamad. Eine Rose aus Diamanten strahlte aus dem wallenden Federbusch hervor.

Elvira (für sich). Aguilar erhielt sie bei der Einnahme von Sevilla vom König. (Zu ihm.) Er ritt einen weißen Zelter?

Abin Hamad. Die schwarzen Mähnen seines Rosses waren mit silbernen Schnüren durchflochten.

Elvira (aufathmend, für sich). Es war Aguilar! — (Hastig zu ihm.) Du darfst die Straßen Granadas nicht betreten. Beherrsche Dich, trifft Dich ein haßerfüllter Blick; verschließ Dein Herz dem Schmeichelwort des Spähers. Ich rettete Dir das Leben, ich habe ein Anrecht, es Dir zu erhalten.

Abin Hamad (zärtlich). Es ist ja Dir geweiht.

Elvira. In der Alhambra schützt Dich das Wappen des Königs vor den Spähern Aguilar's. Dorthin geleitest Du mich. Kehrt mein Vater von Cordova zurück, kannst Du mit seinem Schutzbrief Granada verlassen.

Abin Hamad. Noch kurze Zeit soll ich Dein Gefangener sein, — nicht für immer? — Ach! Dann heilte meine Wunde nur zu schnell, und der Genesene wünscht die Stunden sich zurück, in denen Du, Holdselige, liebwirkend an seinem Schmerzenslager weiltest, auf seine Athemzüge lauschtest, — Dein Engelsblick nach seinen Wünschen forschte. Wie süß war ich durchschauert, als Du an einem frühen Morgen über mich Dich beugtest, einen sanften Kuß auf meine heiße Stirne drücktest.

Elvira (erregt). Du lagst in schwerem Fiebertraum. Die Locken der Pflegerin, die angstvoll auf Deinen Herzschlag horchte, streiften Deine Stirne.

Abin Hamad. Zürne nicht, daß ich Dich täuschend die Augen schloß. Ich wollte Dich nicht fortscheuchen, o lange, — für immer Dich festhalten; meine Arme zuckten, Dich, Holde, zu umschlingen. Ich kann nicht von Dir gehen.

Elvira (wehmüthig, für sich). Wäre er ein Christ! (Zu ihm.) Du scheidest nicht für immer. Ist das aufgeregte Volk in Granada besänftigt, öffnet sich Dir wieder gastlich die Pforte unseres Palastes.

Abin Hamad. Nur als Gast willst Du mich empfangen? Der Moslim ist Dir gleichgiltig, ein Fremdling der Maure? — Die Thränen in meinen Augen sagen Dir nicht mehr als den Dank für Deine liebreiche Pflege? — Dich kümmert nicht, ob der jetzt Geheilte in der Wüste ein neues, größeres Leid fühlt, wie er sich nach der süßen Haft in der Heimat zurücksehnt?

Elvira. Lagerst Du im Zelte, horchst Du auf die Schlachtlieder der freien Wüstensöhne, siehst Du, wie sie kriegslustig sich auf die Rosse schwingen, die Lanzen werfen, die Säbel schwingen, gedenkst Du nicht mehr der glanzvollen Turniere in der Alhambra. Vergessen wirst Du die Christin, ertönt im Palmenhain die Schellentrommel der Tänzerinnen, schlingt die gluthäugige Maurin die Perlenschnur ihrer rabenschwarzen Locken um Deinen Hals.

Abin Hamad. Du glaubst nicht an die Treue eines Mauren?

Elvira. Kann Deine Sclavin fordern, daß Du ihr nicht die Treue brichst? Die Christin tauscht nur den Ring mit dem Manne, der ihr ewige Treue schwört.

Abin Hamad. Nur selbstsüchtige Menschen sind treulos! — Wird Treue für Jeden nicht zur Pflicht, wenn er mit den Menschen sich verbindet? — Sie drückt dem Krieger in die Hand die Waffe, für seine Fahne zu kämpfen und zu sterben; sie bietet Trost dem Freunde, daß er im Leid nicht verlassen ist; sie erfüllt die Liebenden mit Opfermuth, — den Gottergebenen mit demüthigem Vertrauen. Wer treulos gegen sich selbst ist, stürzt sich in sein Schwert! — Ich schwöre Dir bei Allah!

Elvira. Schwöre nicht.

Abin Hamad (verletzt). Du hältst den Moslim nicht Deiner Liebe würdig?

Elvira (weich). Pflegte ich Dich nicht wie einen Bruder? Es blutete mir das Herz, als ich Dir in das schmerzerfüllte, bleiche Antlitz sah; ich forschte nicht nach Deinem Glauben, ob Du die Lanze in die Brust eines Christen bohrtest; mich beherrschte allein die Sorge, Dein Leid zu mildern, — Deine Wunde zu heilen.

Abin Hamad (ergreift ihre Hand). Ich soll die weiche Hand, die mich dem Tode entriß, nicht immer an meine Lippen drücken?

Elvira (befangen). Ich werde Dich stets beschützen.

Abin Hamad. O glaube an den Schwur des Moslim!

Elvira (sanft). Werde Christ!

Zaide (stürzt hervor). Folg nicht ihrem Lockruf!

Abin Hamad (überrascht). Zaide!

Zaide (überrascht). Abin Hamad! (Zu ihm.) Willst Du den heiligen schwarzen Stein in der Kaba von Mekka nicht mehr küssen?

Elvira (entrüstet zu ihr). Wer rief Dich hierher? Geh aus dem Garten.

Zaide (zu Abin Hamad). Du läßt mich fortweisen?

Abin Hamad (leise zu Zaide). Flieh von hier. Du stürzest mich und Dich ins Verderben.

Zaide (zu ihm scharf betonend). Ich verrathe Dich nicht. (Zu Elvira.) Laß mich mit ihm allein.

Elvira (zu Abin Hamad). Wer ist das Weib?

Abin Hamad (gedrückt zur ihr). Eine edle Maurin, eine Kämpferin aus Granada.

Zaide (zu Elvira). Du willst ihn nicht verlassen? Schlaue Christin! Du willst ihn mit Rosenketten fesseln? (Zu Abin Hamad.) Zerreiße sie. Aus den Blumenkelchen zischt die Schlange des Verrathes hervor, liegst Du nicht als Sclave zu ihren Füßen, schwingst Du die Lanze für Deine Waffenbrüder.

Elvira (erzürnt). Du schmähst mich, die in ihrem Palaste die verwundeten Mauren pflegt und heilt?

Zaide (erregt zu Elvira). Mitleid heuchelnd reichst Du den Hilflosen den Heiltrank; doch wenn sie genesen nicht ihren Glauben abschwören, lieferst Du sie dem Blutgerichte aus.

Elvira (hoch empört). Fort aus meinem Garten! Fort! Fort!

Zaide (stolz). Dein herrisch Wort bricht nicht den Stolz einer Maurin. Sie weicht vor der Feindin, vor der hochmüthigen Spanierin nicht zurück. Blick verächtlich auf mich, Du wirst entsetzt aus der

Alhambra fliehen, aus den Prunkgemächern, die man nur für eine Königin schmückte. Drohend schwingen die braunen Wüstensöhne die Lanzen; ihre Augen flammen vor heißer Kampfgier, ihr Racheruf erschüttert die Lüfte. Erschallen werden die silbernen Trompeten in Granada, die Fahnen des Maurenkönigs auf den Thürmen der Alhambra flattern.

Elvira (zu Abin Hamad). Du schützest mich nicht vor ihr?

Abin Hamad (nähert sich Zaide, mit gepreßter Stimme). Verlaß den Garten.

Zaide (erregt zu ihm). Ich bin Dir fremd? (In höchster Aufregung.) Du schwurst hier nicht, — hier, — vor mir, — Du —. (Für sich voll Verachtung.) Todt ist für ihn die Heißgeliebte! (Sie wirft den Schleier zurück und sieht ihm zürnend in das Angesicht.)

Abin Hamad (für sich). Ihr Zornesblick tödtet mich.

Elvira (für sich). Wie schön sie ist! — Sie liebt ihn, er ahnt es nicht. (Sie erfaßt befangen die Hand Abin Hamad's.) Du darfst sie nicht länger hören.

Abin Hamad (zu Elvira). Du zitterst? (Entzückt für sich.) Um mich!

Zaide (leidenschaftlich für sich). Wie zärtlich verschämt sie ihn an sich zieht! — Sie liebt ihn!

Elvira (für sich). Wie sie ihn leidenschaftlich anblickt!

Zaide (gebieterisch zu Abin Hamad). Geh von ihr! — Du zögerst? — Hast Du Dich der Königin Isabella unterworfen?

Abin Hamad (zu ihr bittend). Du wagst Dein Leben?

Zaide (gebieterisch). Herab mit dem Turban! Er ziert nur freie Männer. Leg ab den Harnisch, Dein falsches Herz soll er nicht schützen; kleide Dich in sammtnes Wams, laß Deine Brust von der Königin Isabella mit dem Kreuz schmücken. Zerbrich den Säbel, den Du für den Koran schwangst, umgürte Dich mit dem Schwerte, welches das Herz Deiner Brüder durchbohrte. Schleudere fort den Schild, daß er Dir das Antlitz des Verräthers nicht widerspiegelt; keine Maurin bekränzt ihn Dir mehr, erkiest Dich zu ihrem Schützer. Beuge Dich in Demuth vor der Kreuzesfahne, küsse die Hand der frommen Königin, die den Halbmond von dem maurischen Königsthrone herabriß, greif in den scharlachrothen Zaum ihres Zelters, geleite die Siegerin zur Alhambra.

(Abin Hamad ballt entrüstet die Faust, Elvira ergreift seinen Arm.)

Elvira. Laß sie Dich schmähen. Vergib ihr. So gebietet die christliche Liebe.

Zaide (mit Hohn zu Elvira). Christliche Liebe! — Blutgieriger Haß wühlt in Deiner Brust. (Zu Abin Hamad.) Folg ihr nicht! (Mit steigendem Affect.) Maurenblut röthet die Pfade, auf die sie Dich führt! — Stoß die Heuchlerin von Dir! Keine Thräne netzt ihr Auge, schlägt man Dich in Fesseln; kein Trostwort kommt über ihre falschen Lippen, rufst Du am Brandpfahl in der Todesqual nach ihr. Flieh in die Wüste! Wirf Dich vor Allah in den Staub!

(Man hört Waffengeklirre.)

Elvira (angstvoll zu Abin Hamad). Krieger nahen! Fort von hier!

Zaide (mit Hohn zu Abin Hamad). Geh mit ihr, sie schützt Dich.

Abin Hamad (erregt). Der Abencerrage verhüllt nicht sein Antlitz mit dem Schleier eines Weibes, blitzt ihm der Stahl des Feindes entgegen. Entriß ein Feigling auf den Wällen von Malaga dem Feinde die Kreuzesfahne? Wehrte ein Feigling in der Schlacht bei Salobrena den Todeshieb vom Haupte des Königs ab? Schlug ein Feigling die castilischen Reiter vor den Mauern der Alhambra in die Flucht? — (Wild.) Meine Waffen! Die Schwerter klirren, fordern auf zum Kampf! Hierher! Hier ist der Abencerrage, den ihr sucht, der Kämpfer von Granada!

Elvira (angstvoll). Rufe nicht tollkühn die Krieger herbei.

Zaide (angstvoll für sich). Wenn er sie nicht liebt? Wenn Aguilar naht? (Gebieterisch zu Elvira.) Gib ihm die Waffen.

Abin Hamad (wild). Meinen Schild! Meine Lanze! Meinen Säbel!

Elvira (zu Abin Hamad). Kein Christenblut soll sie mehr bespritzen.

Zaide (reicht ihm in liebevoller Sorge ihren Dolch). Nimm meinen Dolch, stoß ihn dem Feinde in die Brust.

Abin Hamad (für sich). Sie ist des Todes, wenn sie den Dolch auf die Krieger zückt. (Er nähert sich ihr.)

Elvira (angstvoll zu ihm). Nimm nicht den Dolch! (Abin Hamad will den Dolch ergreifen.)

Elvira (erfaßt seine Hand. Liebevoll). Ist nicht Dein Leben mir geweiht?

Abin Hamad (kämpft mit sich und weist den Dolch Zaidens zurück. Zu Elvira innig). Dir allein!

Elvira (bittend). Komm mit mir!

Abin Hamad (zärtlich zu Elvira). Der Waffenlose darf Dir in den Palast folgen.

Zaide (leidenschaftlich für sich). Er liebt sie auch! — Verleugnet mich und die Königin! — (Sie streckt den Arm wie zum Stoße aus. Sie schreitet zu Abin Hamad; hält an und schleudert den Dolch in das Gebüsch. In höchster Leidenschaft.) Werde Christ! — Kommen wird der Tag, an dem Allah nach Dir ruft, Gericht über Dich hält. Zerfliegen werden die Berge in Staub, in Flammen aufgehen die Meere; vor Entsetzen erbleichen die Haare der Kinder, spalten in Angst sich die Felsen. Bei Posaunenschall, vor dem selbst die Engel erbeben, wird er zu Dir rufen: Abtrünniger! Du bist verflucht!

Elvira (zieht Abin Hamad entsetzt mit sich). Unheimlich leuchtet ihr Auge auf! Hinweg von ihr! (Sie enteilt mit ihm.)

Zaide (drohend). Todt ist die Heißgeliebte! Todt nicht die Königin! Es rächt sich die verrathene Königin! (Sie eilt ab.)

Der Vorhang fällt.

Vierter Aufzug.

Gegend bei Granada. Im Hintergrunde die Alhambra. Vorne links maurische Gräber unter Cypressen; rechts eine Felsenquelle, neben ihr ein Rosenbusch.

(Boabdil tritt als Derwisch verkleidet mit seinem Sohne und mit Abal Cazim auf.)

Boabdil (wehmuthsvoll). Alhambra! Sieh deinen König ohne Schutz, gramgebeugt. Keine Thräne fließt um mich, Niemand beklagt den Verbannten.

Abal Cazim (zeigt auf den Knaben). Vergiß an dem Herzen Deines Kindes, daß Du nicht mehr die Krone Granadas trägst.

Boabdil (drückt den Knaben an sein Herz). Du allein bist mir geblieben! Mein Augentrost! Armes Kind! — Du bist ermüdet? (Er streicht ihm die Locken von der Stirne.) Heiß ist Deine Stirne! Deine Lippe glüht. Du dürstest? (Der Knabe nickt. Zu Abal Cazim.) Dort sprudelt eine Quelle. Bring ihm Wasser.

Abal Cazim (zieht aus einem Sacke eine hölzerne Schale und füllt sie. Er reicht die Schale dem Knaben. Der Knabe weist trotzig die Schale zurück). Du verschmähst den Trank? Allah segnet auch die hölzerne Schale des armen Mauren.

Boabdil. Warum fülltest Du nicht den goldenen Becher?

Abal Cazim. Comixa, der um schnödes Gold ohne Deinen Willen den Rosengarten von Porchena an König Ferdinand abtrat, ließ auch Deine Schätze nach Granada in seinen Palast bringen.

Boabdil (tritt zur Quelle, schöpft mit der Hand aus derselben). Trink aus der Hand des Königs. (Der Knabe trinkt, setzt sich an die Quelle, spielt mit den Rosen und schlummert ein.) Der Treulose, der Habsüchtige soll den Frevel büßen!

Abal Cazim. Wenn der Herrscher von Granada selbst Comixa zu dem schlimmen Handel verleitete? Wenn er ihn dazu bestach?

Boabdil. Der Sieger wandelt jetzt allein in den Orangenhainen Granadas und gönnt mir nicht den Duft der Veilchen auf den Fluren Porchenas?

Abal Cazim. Er fürchtet, Du könntest noch einmal einen Lorbeerzweig in dem Zaubergarten brechen, mit ihm Deinen Schild schmücken; er will Dich zwingen, in die Wüste zu flüchten.

Boabdil. König Ferdinand handelt nicht so grausam gegen den Besiegten.

Abal Cazim. Du vertraust auf seine Großmuth?

Boabdil. Graf von Tendilla übernimmt die Zügel der Herrschaft in Granada. Er ist gerecht, milden Sinnes, ihm will ich meine Beschwerde vorbringen; er verweigert mir nicht seinen Schutz.

Abal Cazim. Mögest Du Dich auch nicht in ihm täuschen.

Boabdil (zeigt auf die Gegend). Sieh, wie das Thal gleich einer Granate im Purpurglanz der Abendsonne glüht. Im Rosenduft schwingen sich die Falter zu den Orangenblüthen auf, und die Springquellen werfen blitzende Rubinen zum dunkelblauen Himmel empor. O wie oft sah ich mit Darache von dem rothen Thurm der Alhambra dies herrliche Schauspiel! — Darache! Auch Du hast mich verlassen! (Er geht zu den Gräbern. Schaudernd.) Die Gräber der Abencerragen!

(Man hört hinter den Gräbern eine Klagestimme.)

Boabdil (entsetzt). Welch ein Wimmern? Welch ein Klagen? Es dringt aus den Gräbern.

Abal Cazim. Wohin starrst Du?

Boabdil (für sich). Die Aufrührer verdienten den Tod.

Abal Cazim. Fort von den Gräbern!

(Boabdil will gehen, als ein alter Maure hervortritt. Boabdil zeigt auf den Mauren und bleibt stehen.)

Der Maure (der Boabdil nicht sieht, ringt die Hände). Alhambra! Wie eine verlassene Geliebte blickst du ins Thal hinein! — Für wen athmen Orangen, Myrten ihre Düfte in deinen wüsten Gemächern aus? Keine Trompeten schmettern, keine Ritter tummeln ihre Rosse, keine Schwerter klirren! — Für wen singen die Nachtigallen, springen die Silberquellen? Ach! des Königs Antlitz leuchtet nicht mehr in den Marmorhallen, — das Licht der Alhambra ist für immer erloschen.

Boabdil (trocknet seine thränenerfüllten Augen. Zu dem Mauren tretend). Laß die Klage, sie stürzt Dich ins Verderben.

Der Maure (stürzt Boabdil zu Füßen. Freudenvoll). Boabdil! — Mein König! (Er küßt sein Gewand). Du kehrst wieder zu uns zurück; — wirst uns von den Spaniern befreien?

Boabdil (bewegt). Man liebt mich noch in Granada?

Der Maure. Man klagt, man weint um Dich.

Boabdil (für sich). Ein reicher Born der Liebe ist das Herz des Volkes. Hätte ich aus ihm den Kampfmuth geschöpft!

Der Maure. Ruf uns auf zum Kampfe!

Boabdil. Schweige, schweige, bis ich wiederkehre!

Der Maure. O komm bald, entreiße uns dem Feuertode! (Er geht ab.)

Boabdil (sieht bewegt den schlummernden Knaben an). Auf hartem Fels schlummert der Königssohn! — Träumt er von dem Rosengarten der Alhambra? — (Er beugt sich über ihn.) Allah sei mit Dir! — Ob er einst die Krone von Granada sich erkämpft? — (Er weckt mit einem Kusse den Knaben und erfaßt seine Hand.)

(Sie gehen alle ab.)

Comixa (als Bauer verkleidet tritt auf, vorsichtig umherspähend). Boabdil! — Du kehrst nicht mehr nach Porchena zurück. Deine Klagen, deine Bitten erweichen nicht das Herz des schlauen Herrschers Spaniens. Ich habe meinen Schatz gehoben, ich bringe ihn nach Cordova in Sicherheit. (Er zieht die Rose mit dem Rubin aus der Brust.) Du mein Kleinod; herrlicher unschätzbarer Rubin, du bist kein Schmuck für Frauenlocken; (lächelnd) du sollst an dem Turban eines afrikanischen Fürsten glänzen. (Man hört Ketten klirren. Er verbirgt schnell die Rose. Entsetzt.) Ketten klirren! — (Er sieht in das Gebüsch.) Abencerragen! Gefesselt! — So belohnt man die Widerspenstigen! Thoren! Ihr könntet goldene Ketten tragen. (Er späht ängstlich umher und geht ab. Man hört ihn ferne rufen.) Treibt die Maulthiere auf die Straße nach Cordova.

Zaide (tritt verschleiert auf und weist auf die Seitengegend hin). Abencerragen in Ketten! — O Schmach! — Sie unterwarfen sich nicht dem Sieger, schwuren nicht ihren Glauben ab! — Er, der Treulose, ward Christ, umschlingt Elvira in der Alhambra, küßt ihre falschen Lippen, die seine Brüder verfluchen; reicht ihr den geraubten Becher, aus dem die Königin trank. — Er führt sie nicht in das Brautgemach! — So wird die Alhambra nicht entweiht! — Der Fuß der Christenbraut knicke keine Blume, die mir ihre Düfte streute; der Silberstrahl des Löwenbrunnens, an dem ich in schlummerlosen Nächten des Heißgeliebten gedachte, kühle nicht ihre Purpurwange; ihr Liebesgeflüster wecke nicht die Nachtigall, die zu meinem Lautenspiele sang. Die

Ungläubige, die stolze Spanierin träume nicht in der Alhambra von ihrem Liebesglücke!

(Calab tritt auf.)

Was hast Du erspäht?

Calab. Man schmückt die Marmorhallen der Alhambra mit Blumenkränzen; der Graf von Tendilla kehrt zurück.

Zaide (erregt für sich). Zum Hochzeitsfest! — (Zu ihm.) Nimm den Schlüssel. Schließ auf die Thür, die zum verborgenen Gange führt. Tritt hin vor den Verräther, warne ihn vor dem Abfall vom Islam. (Für sich.) Er schwört nicht vor dem Kreuze, reicht ihr nicht den Ring.

(Sie gehen ab.)

Verwandlung.

Der Myrtenhof in der Alhambra.

Abin Hamad (tritt ein). Zaghaft sehe ich der Stunde entgegen, in der ich vor den Grafen von Tendilla trete. Der hochmüthige Sieger weist mich zurück. Der Maure ist ihm nicht ebenbürtig. Auch nicht der Abencerrage? Focht er nicht so tapfer wie er? — Er will nicht die Hand des Geächteten berühren! Auch an seiner Hand klebt Blut, keine Reuethräne tilgt es. — Er haßt den Moslim! Den Bekehrten kann er nicht zurückstoßen. — Elvira besiegt mit ihren Zauberworten seinen feindlichen Sinn,

versöhnt ihn mit dem Abencerragen, mit dem Christen.
— Die Herrliche! — Wie milde ist ihr Sinn! Wie
hochherzig stand die Holdselige Zaiden gegenüber!
— Drohend waren Zaidens Flammenblicke, rache-
süchtig ihre Worte! Mich traf ihr Haß, weil ich sie
verleugnete. Waren wir nicht Beide von den Spähern
Aguilar's bedroht? — Mit Hohn stieß sie mich wie
einen Feigling zurück! Sie zückte auf mich den Dolch,
als Elvira angsterfüllt den Tiefverletzten besänfti-
gend an ihr Herz zog. Zaide hat mich nie geliebt;
im gekränkten Stolze, um die Nebenbuhlerin zu be-
schämen, wand sie den Kranz um meine Stirne.
Ich war geblendet von dem Glanze ihrer Schönheit,
von dem Feuerstrahl ihrer Diamanten; der Jubel-
ruf der Abencerragen erfüllte mich mit Siegesstolz,
der Grimm der Zegri weckte in mir den kühnen
Muth, der Schönsten der Maurinnen, der Königin
von Granada, meine Waffen zu Füßen zu legen.
— An Elviras Herzen fließt sanfter das heiße Blut
durch meine Adern; meine Hand, die früher nur
nach der Waffe griff, pflückt jetzt Blumen, um sie
ins Haar der Heißgeliebten zu flechten. Elvira schlingt
um mich das sittigende Band der Ehe, das nur der
Tod zerreißt. Lieben, nimmer hassen sollen sich die
Menschen in dieser Welt der Leiden, flüsterte sie mir
mit liebevollem Blicke zu; sieh, wie die heißduftenden
Rosenkelche sich in einander ranken, sollen wir nicht
Hand in Hand das Abendroth begrüßen? — (Er

sieht auf die eherne Thür und tritt entsetzt zurück.) Die Thür von Erz, die sich dröhnend hinter den Racheopfern Boabdil's schloß. — Das heilige Kreuz ober der Thür, geschmückt mit Rosen! — Schlägt nicht der Erlöser das thränenerfüllte Auge auf? Lispelt er mir nicht wehmuthsvoll zu: Liebe deinen Nächsten wie dich selbst? — Sein Liebeswort erschloß mir Elviras Herz, rettete mir das Leben. (Er erhebt die Hand wie zum Schwur.) Ich werde Christ!

(Elvira kommt.)

Elvira. Hast Du Dein Herz erforscht? Erfüllt es die christliche Liebe? — Sie gab der erblindeten Welt das Auge wieder, dem Verderben zu entrinnen.

Abin Hamad (innig). Auch meinen Blick entschleierte sie. Entzückt mich nicht jetzt der milde Glanz Deines frommen Auges? — Ich schwöre Dir vor dem Kreuze den Eid der Treue. Du glaubst jetzt an meinen Schwur?

Elvira (innig sich an ihn schmiegend). An Deine Liebe! (Forschend.) Du verzeihst dem stolzen, schönen Weibe, das Dich mit dem Dolch bedrohte?

Abin Hamad (betroffen für sich). Zaiden! (Zu ihr.) Wie könnte ich der Maurin zürnen, der Du so viel Mitleid zuwandtest?

(Das Glöcklein der Kapelle ertönt.)

Elvira (nimmt das Kreuz von ihrer Brust). Fühlst Du Erbarmen mit den Leidenden, willst Du ihre Wunden heilen, kannst Du dem feindlichen Bruder, der Dich mit den Waffen des Hasses verwundet, verzeihen, so beuge Dein Knie, empfange das Kreuz. (Abin Hamad kniet vor sie hin; sie heftet ihm das Kreuz an den Mantel.) Das harte Loos der Menschen wecke stets in Dir liebendes Wollen. (Es ertönt der Gesang der Christen mit Orgelbegleitung in der Kapelle. Abin Hamad erhebt sich.) Komm mit mir in die Kapelle. (Abin Hamad zaudert, ihr zu folgen.) Du zauderst? Horchst? Erweckt der fromme Gesang in Dir die Andacht? Die Christen, die aus den Kerkern befreit wurden, singen ihr Danklied. Das himmlische Licht erhellt Deine Seele, knie mit ihnen vor den Altar hin.

Abin Hamad (betroffen für sich). Ich soll mit den Christen beten? Ließ ich nicht ihre Brüder tödten?

Elvira (liebevoll). Komm in die Kapelle.

Abin Hamad (für sich). Wie liebreizend sie ist! Ich kann nicht ihrem Willen trotzen. (Sie gehen in die Kapelle.)

(Krieger kommen, tragen Fahnen und Kränze in die Kapelle.)

Calab (kommt. Entrüstet). Sie schmücken mit Lorbeerkränzen, mit Fahnen die Alhambra! Sie feiern das Siegesfest! — Allah vergifte den Wein, drückt ihr stolzen Spanier die Becher an die Lippen! Ein Grabgesang erschalle, greifen beim Festmahl die castilischen Sänger in die Saiten. (Orgelklänge und der Gesang der Christen ertönen.) Orgelklänge in der Alhambra! — Christliche Lieder! — Kein maurisch Schwert fliegt aus der Scheide, durchbohrt die Kehle der Frevler! — (Er sieht in die Kapelle.) Die Kreuzesfahne verhüllt den Thron des maurischen Königs! —

Das Kreuz aufgerichtet vor den heiligen Sprüchen des Koran! Kein Blitzstrahl zerstört die Wände der Alhambra! — (Höchst entrüstet.) Ein maurischer Ritter in der Kapelle! — Abin Hamad! — Der Christenwürger lehnt an dem Betstuhle einer Christin! — Er neigt demüthig sein Haupt! — In frommer Andacht? — Er ist verflucht, wenn er mit den Christen betet! — Er bedeckt sein Antlitz mit den Händen; der Weihrauch betäubt seine Sinne. Er fährt plötzlich empor; sein Auge flammt vor Zorn; er schlägt an den Säbel, eilt aus der Kapelle.

Abin Hamad (tritt erregt auf). Ich kann den haßerfüllten Blick der Christen nicht länger ertragen. Bluthund! riefen sie mir nach.

Calab. Du kommst aus der Kapelle? Trägst noch den Turban über der Stahlhaube?

Abin Hamad (für sich). Calab! (Sinnend.) Das Licht in der Altarlampe zuckte auf und erlosch, als ich nach der Waffe griff.

Calab (mit Hohn). Du schwurst zum Kreuz aus Reue, daß Du für den Koran gekämpft?

Abin Hamad. Ich diene der Herrin dieser Burg.

Calab (entrüstet). Einer Spanierin, einer Christin legst Du den Säbel zu Füßen? — Maurenblut röthete die Straßen Granadas, als die spanischen Krieger hereinstürmten. Die Hufe ihrer Rosse stampften die Verwundeten in den Staub; hohnlachend rissen die Siegestrunkenen die Fahnen von den Moscheen und schleuderten sie auf die Leichen Deiner Brüder hin. Und Du beugst Dich vor der Tochter Tendilla's, die wie ihr Vater kein Mitleid für die erwürgten Mauren fühlt? — Nieder mit den Christen! riefst Du empört den Abencerragen zu, als Du sahst, wie die Maurinnen erdolcht an den Brunnen hinsanken, die Mütter an den Leichen ihrer Kinder die Hände rangen, sie mit ihren Thränen netzten. Wie ein Racheengel sprengtest Du auf die mordenden Spanier an, und jetzt betest Du mit unseren Feinden?

Abin Hamad (für sich). Ich vergoß nur Thränen. (Zu ihm.) O hättest Du mich nicht zur blutigen That aufgestachelt.

Calab. Verdamme mich! Vertheidige die Würger! — Beweine die Christen, die Du getödtet! — Abtrünniger! Hat Dich der Glanz der castilischen Krone geblendet? — Bebt Dein Herz vor dem Glockenschall der christlichen Kirche? — Hörst Du entzückt vom Orgelklang nicht mehr die Stimme Deines Gewissens? — (Er zeigt auf die Wand.) Der heilige Spruch des Koran leuchtet auf an der Wand! (Er liest bewegt.) „Die Gläubigen gehen über die Brücke, die feiner als ein Haar, schärfer als ein Schwert ist, in das Paradies ein; die Gottfeindlichen stürzen von ihr in den höllischen Abgrund." — Wirf ab den Mantel! Flehe zu Allah! Dem Reuigen verzeiht er. Flieh mit mir aus Granada!

Abin Hamad. Weiche von mir.

Calab (forschend). Hat Dich der Zauberblick einer Christin hier festgebannt? Erstickten ihre süßen Küsse die Hassesflamme in Deiner Brust? — Flieh in die Wüste! (Er geht ab. Für sich.) Er ward Christ!

Abin Hamad. Bluthund! riefen sie mir zu! — Die Christen werden mich immer hassen. An meinen Waffen klebt das Blut ihrer Brüder. — Fort mit dem Kreuze. (Er will es von dem Mantel abnehmen; er hält inne.) Sie gab es mir! — Es schützte ihr Herz! — Ich soll ihr entsagen? Ihr, der Heißgeliebten? — Wie innig sah sie mich an, als der Priester den Segen spendete? — (Ein Krieger kommt mit einer Fahne.) Ha! die Fahne, die der Ritter schwang, der meinen Vater erschlug! (Zum Krieger.) Fort mit dem Kranze! Das Blut meines Vaters hat die Fahne bespritzt! (Wild.) Sein Blut!

Der Krieger. Du wagst die Königin zu beschimpfen? Sie flocht den Kranz.

Abin Hamad (wild). Hinweg mit dem Kranze. (Er will ihn herabreißen.)

Der Krieger (zieht das Schwert). Nimm ihn herab.

Abin Hamad (zieht die Waffe). Du verhöhnst mich? (Er dringt auf ihn ein. Sie fechten.)

(Christen stürzen aus der Kapelle, entsetzt: „Waffen klirren".)

Einige Christen (zum Krieger). Durchbohr den falschen Christen.

Andere Christen. Nieder mit dem Moslim!

Elvira (eilt aus der Kapelle herbei). Wer bricht den Frieden?

Alle (auf Abin Hamad zeigend). Der Moslim! — Der Moslim!

Elvira (zu Abin Hamad). Du? — (Zu Allen.) Geht zurück in die Kapelle!

(Die Christen gehen Abin Hamad drohend mit dem Krieger in die Kapelle.)

Elvira. Steck ein die Waffe.

Abin Hamad (für sich wild). Vater, ich räche Dich!

(Zaide tritt im Hintergrunde auf.)

Elvira. So hältst Du den Schwur? (Abin Hamad steckt die Waffe ein.) Komm in die Kapelle, bereue die That.

Abin Hamad (sieht entsetzt Zaide, die näher tritt. Er stürzt wie vor ihr flüchtend in die Arme Elviras). Mein Schutzengel!

(Sie gehen in die Kapelle.)

Zaide (stürzt drohend ihnen nach, hält aber entsetzt vor der ehernen Thür an). Das Kreuz!

Der Vorhang fällt.

Fünfter Aufzug.

Der Löwenhof in der Alhambra.

(Tendilla und Aguilar treten ein.)

Aguilar. Bewegt verließ Dich Boabdil.
Tendilla. Der Befehl des Königs hat ihn tief erschüttert.
Aguilar. Er kehrt nach Porchena zurück?
Tendilla. Unbeugsam ist der Wille des Königs. Boabdil ergötzt sich nicht mehr an den Rosenfluren des herrlichen Thales. Er muß auch Granada verlassen.
Aguilar. Ein neuer Meisterzug Ferdinands. Die Habsucht des Veziers wußte er schlau zu benützen. Kein maurischer Ritter wird für den Verbannten den Säbel ziehen. Comixa weilt noch am Hofe des Königs?
Tendilla. Auf den Wunsch der Königin begab sich Comixa nach Malaga. Als Bauer verkleidet trat er mit seinen Schätzen die Reise an. Er erreichte nicht das Ziel. Flüchtige Mauren überfielen in einer Felsschlucht ihn und seine Begleiter. Im harten Kampfe büßte er sein Leben ein.

Aguilar. Der Treulose erhielt den verdienten Lohn. Sein Tod befreite den König von einem gefährlichen Freunde.

Tendilla. Du geleitest Boabdil an die afrikanische Küste. Das Schiff, das ihn nach der Stadt Fes bringt, liegt schon im Hafen zur Abfahrt bereit.

(Aguilar geht ab.)

Tendilla. Unglückliches, tapferes, anmuthreiches Maurenvolk! Eine Woge der großen arabischen Völkerfluth, an Spaniens Küste geschleudert, zerstäubst du jetzt an dem Fels der christlichen Kirche. Der König droht den Mauren, die nicht den Glauben abschwören, mit dem Flammentode; die fromme Königin will durch Milde die Besiegten mit dem harten Geschicke versöhnen. Der Edelmuth Isabellas soll mich stets gemahnen, wie ich die Zügel der Herrschaft in Granada führen soll.

(Elvira öffnet eine Seitenthür und sieht herein.)

Elvira. Du bist allein?

Tendilla (eilt auf sie zu und drückt sie an das Herz). Theueres Kind!

Elvira. Mein heißgeliebter Vater! — Du erhieltst meine Briefe?

Tendilla. Ich las sie wiederholt; sie erfüllten mich mit Freude und mit Stolz. Du hast mit liebevollem Gemüthe die armen Verwundeten gepflegt. Gott lohne es Dir! — Die Königin Isabella belobte Deine christlichen Werke und sendet

Dir als Zeichen ihrer Huld dies Kreuz. (Er gibt ihr das Kreuz.)

Elvira (betrachtet es freudig). Die fromme Königin gedachte meiner! Kostbare Edelsteine schmücken das Kreuz. (Sie hängt das Kreuz um den Hals. Nach einer kurzen Pause.) Meine Briefe enthielten Alles, was sich hier begab. (Befangen.) Ich war vielleicht zu gewissenhaft, schilderte Eindrücke, die zu kindlich, — mädchenhaft waren.

Tendilla. In deinem letzten Schreiben nanntest Du einen Mauren, der von seiner schweren Wunde geheilt wurde. Wie hieß er doch?

Elvira (zaghaft). Abin Hamad.

Tendilla. Ja! — Er genas unter Deiner Pflege. Dies erfreute mich am meisten, daß Du in dem Ungläubigen den leidenden Menschen nicht vergaßest.

Elvira. Er ist ein Abencerrage, von königlicher Abkunft.

Tendilla. Wäre er auch ein armer Maure, Du durftest ihm Deine Hilfe nicht versagen.

Elvira (fällt ihm um den Hals). Dein Herz schlägt für alle Menschen.

Tendilla. Der Maure weilt noch in Granada?

Elvira (zögernd). In der Alhambra.

Tendilla (überrascht). Hier?

Elvira. In der Alhambra nur war der Abencerrage vor den Spähern Aguilar's geschützt.

Tendilla. So! — (Ernst.) Du verbargst ihn trotz des Verbotes des Königs?

Elvira (verwirrt). Mein Mitleid ließ mich vergessen —

Tendilla (strenge). Er muß sogleich die Alhambra verlassen.

Elvira. Er bat mich, ihn Dir vorzuführen.

Tendilla. Der Abencerrage will einen Schutzbrief zur Abreise nach Afrika erbitten?

Elvira. Er will Dir danken, daß Du seine Waffenbrüder so milde behandelst.

Tendilla (stolz). Ich erlasse ihm den Dank.

Elvira (schmeichelnd). Weise ihn nicht zurück.

Tendilla. Ich kann vor dem Thron des Königs den Abencerragen nicht empfangen.

Elvira. Auch nicht hier, wenn er Dich bittet, als Pathe mit ihm vor den Altar zu treten?

Tendilla (überrascht). Er bekennt sich zu unserem Glauben? (Forschend.) Ist das auch Dein Liebeswerk?
(Elvira nickt erröthend.)

Tendilla. Dem Bekehrten will ich die Hand reichen.

Elvira (bittend). Sprich mit ihm, dann table mich.

Tendilla. Ich will sein Herz prüfen, (scharf betonend) bevor ich ihm zum Altar folge.
(Elvira öffnet rasch die Thür. Abin Hamad, der das Schwert umgürtet hat, tritt ein.)

Abin Hamad (für sich entsetzt). Er ist's!

Tendilla (für sich). Das Gesicht sah ich schon! (Zu ihm.) Nahst Du als Flehender mit rollenden Augen?

Abin Hamad (wild). Mörder Du!

Tendilla (tritt zurück). Ha!

Elvira (zu Abin Hamad). Bist Du von Sinnen!

Abin Hamad (wild). Du erschlugst meinen Vater!

Tendilla. Im Kampfe!

Abin Hamad (wild). In der Blutgier! — Rührte Dich der Hilferuf des Greises, als er, von Dir entwaffnet, zu Boden sank? Ich rief Dir zu: Tödte nicht meinen Vater! Haßerfüllt blicktest Du mich an, drangst Du auf den Wehrlosen ein, spaltetest ihm das Haupt. (Er zieht das Schwert.)

Elvira (hält Abin Hamad zurück). Mein Vater!

Abin Hamad (entwindet sich ihr). Stolz schwangst Du das Schwert, der Aufschrei des sterbenden Greises erschütterte Dich nicht, Du Grausamer hattest kein Erbarmen für ihn, Dein Roß nur bäumte sich auf vor der blutüberströmten Leiche. Ich schwur ihn zu rächen.

Elvira. Du trägst auf dem Mantel das Kreuz!

Abin Hamad (wirft den Mantel ab und dringt auf Tendilla ein). Grausamer Du!

Elvira (umschlingt Tendilla). Durchbohr ihn!

Abin Hamad (senkt das Schwert). Elvira! — Du entwaffnest mich!

Elvira (tritt zu ihm). Die Waffe, die ich vom Haupte meines Vaters abwehrte, trifft tödtlich mein Herz. (Für sich.) O mein Gott!

Tendilla (drückt sie ans Herz). Armes Kind!

Abin Hamad (zu Elvira). Die That Deines Vaters ist gesühnt. Vergib dem heißblütigen Abencerragen.

Tendilla (zu ihm). Rebell! Du hast Dein Leben verwirkt.

Elvira (zu Tendilla). Begnadige ihn. (Zu Abin Hamad.) Die Christin verzeiht Dir! — Bleib Moslim! Du wolltest nicht den Mantel der christlichen Nächsten=liebe über die That des kampfbegeisterten Kriegers breiten. Meine Liebe konnte in Deinem Herzen die Rachsucht nicht besiegen. O ich Unglückliche! — (Sie sinkt Tendilla an die Brust.) O mein Vater!

Tendilla (liebevoll). Du wirst ihn vergessen. Sei stark in der schmerzlichen Entsagung wie in Deiner Herzensgüte.

Abin Hamad (wehmüthig zu ihr). Die Christin ver=zeiht mir, die Geliebte nicht?

Elvira (weist ihn fort). Geh in die Wüste!

Abin Hamad (sehr erregt). In die Wüste! — Aus der Alhambra weisest Du mich fort! Geschmückt mit dem Diadem, verdammten hier meine Ahnen die gefangenen Christen zum Tode! — Zerbrechen soll ich den Säbel? Das Blut der Spanier hat ihn geröthet, — die Königin von Granada wand um ihn den Siegeskranz! — Fortschleudern soll ich den Schild? Er schützte den König! — Allah drückte mir wieder die Waffe in die Hand; ich sollte nicht der Sclave einer Christin werden. (Trohend.) Der Moslim kehrt wieder aus der Wüste zurück!

Tendilla (ruhig). Kein Maure wird mehr in Granada das Kreuz zertrümmern. Zieh von hinnen. (Sie gehen Beide ab.)

Abin Hamad. O wäre ich an der Wunde verblutet! — (Leidenschaftlich.) Geh in die Wüste, rief sie mir zu! — Sie wollte mich zu ihrem Sclaven erniedrigen! — Ein Maure ein Sclave! Der Sclave eines Weibes, — einer Christin! — In die Wüste! Flammt die Sonne über die gelben Sandhügel, stürzen die Wölfe mit dem Samum windschnell durch die Felsschluchten, scharrt die zottige Hyäne nach Leichen, erwacht wieder der wilde Trotz in meiner Brust und tödtet meinen Schmerz! — Schwelgt, hochmüthige Spanier, in den Marmorhallen der Alhambra! Kampfmüde sinkt ihr auf die Pardelfelle hin, träumt ihr vom feigen Mord, vom Flammentod, von blutigen Geiseln! Aufgeschreckt von den Flüchen der geknechteten Mauren greift ihr nach den verrosteten Waffen; das Gespenst, das euch umschleicht, die Todesfurcht weicht vor dem Schwerthieb, vor dem Dolchstoß nicht zurück! — (Wild.) In die Wüste! — Zur Rache rufe ich die Brüder auf! Ihr Kampfruf wird vom Meer herüberschallen, daß eure Herzen erbeben. (Will abgehen.)

(Zaide tritt mit Calab auf.)

Zaide (für sich). Er geht zum Altar! — (zu Calab.) Thu, was ich befohlen habe. Die Königin befiehlt es.

(Calab erdolcht Abin Hamad.)

Abin Hamad (sinkt und erblickt Zaide). Zaide! Rächst Du Dich so ob jener Nacht?

Zaide. Gemahn mich nicht, die Königin richtet.

(Auf ihren Wink geht Calab fort.)

Abin Hamad. Wen richtest Du? Was hat er verbrochen?

Zaide. Den Feigen, den Christen, den Verräther!

Abin Hamad. O, daß Du mein Rachewerk vereitelt! (Er stirbt.)

Zaide. Die letzte maurische Königin von Granada hat ihn gerichtet! (Sie nimmt das Diadem aus den Locken und wirft es in den Löwenbrunnen.)

Aguilar (tritt rasch auf). Ein Abencerrage in der Alhambra! (Er sieht Zaide.) Die Maurin! — (Zu ihr.) Warum schlichst Du Dich in den Palast des Königs ein?

Zaide. Du suchst den Abencerragen? (Zeigt auf die Leiche Abin Hamad's.) Du kannst ihn nicht vor das Blutgericht schleppen.

Aguilar. Du hast ihn ermordet? Er brach Dir den Liebesschwur? — Du hast Dich mit ihm gegen den König verschworen? (Er will ihre Hand erfassen.)

Zaide (zieht den Dolch). Berühr nicht meine Hand.

Aguilar. Gib ab den Dolch; folg mir zum Gericht des Königs. (Mit Hohn.) Fürchtest Du den Tod? Banne mit Deinem Zauberblick die Feuerschlange, wenn sie Dich umschlingt.

Zaide (drohend). Allah ist mein Richter!

Aguilar (zieht das Schwert). Du zückst gegen mich den Dolch! Verrätherin! (Er ersticht sie.)

Zaide (sterbend). Unglückliches Granada!

(Man hört in der Nähe Trompeten schmettern.)

Aguilar (steckt kaltblütig das Schwert ein). Sie feiern das Siegesfest. (Becher klingen an, Hochrufe ertönen: „Hoch Isabella! Hoch Ferdinand!")

Aguilar (entblößt das Haupt. Nach einer kurzen Pause hört man drei Schläge auf ein Metallbecken). Das Zeichen. (Er bedeckt sein Haupt.) Boabdil scheidet von Granada. Die Meereswoge, die den letzten Maurenkönig von Granada zur Küste Afrikas hinüberträgt, bringt ihn nicht mehr zu den Rosenfluren Spaniens zurück. (Er geht ab.)

Der Vorhang fällt.

Druck von Adolf Holzhausen in Wien.
k. k. Hof- und Universitäts-Buchdrucker.